战狼系列丛书

中国版《第一滴血》
年度热血 军事力作

第一滴血

谢迅 著

时事出版社
北京

图书在版编目（CIP）数据

第一滴血/谢迅著 . —北京：时事出版社，2019.12
ISBN 978-7-80232-953-9

Ⅰ.①第… Ⅱ.①谢… Ⅲ.①长篇小说—中国—当代 Ⅳ.①I247.5

中国版本图书馆 CIP 数据核字（2017）第 251700 号

出 版 发 行：时事出版社
地　　　址：北京市海淀区万寿寺甲 2 号
邮　　　编：100081
发 行 热 线：（010）88547590　88547591
读 者 服 务 部：（010）88547595
传　　　真：（010）88547592
电 子 邮 箱：shishichubanshe@sina.com
网　　　址：www.shishishe.com
印　　　刷：北京旺都印务有限公司

开本：787×1092　1/16　印张：11.75　字数：200 千字
2019 年 12 月第 1 版　2019 年 12 月第 1 次印刷
定价：40.00 元

（如有印装质量问题，请与本社发行部联系调换）

目 录

第一章　特种兵王 / 1

　　陆川不敢轻举妄动，更不敢失去冷静。他知道欧文的丛林战非常出色，他会像幽灵一样，随时可能出现在意想不到的地方。

第二章　暗战 / 7

　　陆川屏住呼吸，他的心被高高地揪了起来，疯狂地跳动着。阿月的出现完全超乎了他的预料，她这是要做什么呢？

第三章　军变 / 16

　　波波特微微一怔，不知道为什么，他的心里竟然生出一丝慌乱。他突然发现，阿月脸上的表情太平静了，平静得没有一丝波澜，没有一丝惊讶，仿佛所有的事情她都了然于胸。

第四章　一对一 / 24

但是遭此重创之后，波波特浑身的骨头就像散了架似的，根本使不出半分力气，脸上布满颓然之色，就像一只战败了的公鸡，静静地躺在地上。

第五章　上位 / 32

虽然尖刀来得又快又急，但是陆川已经提前做好了警戒准备，所以轻轻侧过身子，轻而易举地避过了这一刀。同时他伸手在那个人影的后背上猛地一拍，那人立马惨叫着向前扑了出去，重重地摔在地上。

第六章　燃烧吧！战火！ / 40

在一连串看似慌慌张张的躲闪逃跑之后，巴比跟随着陆川的脚步，在不知不觉中端着重机枪背过了身。如此一来，巴比身后空门大露，给躲在不远处的史金留下了绝佳的攻击机会。

第七章　毁灭计划 / 49

伴随着一声轻叱，阿月凌空旋转着，左腿斜劈向陆川的腰腹。陆川闷声呵气，沉下手臂准备隔挡的时候，阿月却突然变招，腰身猛地一扭，右腿划出一道半弧，横扫陆川的面门。

第八章　废墟上的光明 / 57

陆川长叹一口气，经历过那么多的战斗，经历过那么多的生死考验，陆川从未有过现在这般绝望和无奈。他无力地靠坐在椅背上，面对潮水般扑上来的"地狱战士"，安然地等待死神的来临。

第九章　死亡长廊 / 71

史金大惊失色，只感觉一阵腥风从脚下席卷而来，那条鳄鱼的攻击速度实在是太快了，史金想要躲避已经来不及了。

第十章　圣物 / 84

"阿龙！"紧随其后的陆川突然停了下来，身后传来呼呼呼的劲风激荡声，他不用回头也知道，那条丛林蚺肯定已经追上来了。

第十一章　半路劫杀 / 93

破空声响此起彼伏，无数的毒箭从四面八方向克里斯激射而来。克里斯的脸上始终带着平静的笑意，他的身体缓缓倒下，两根手指松开了保险栓，两缕白烟从他的指缝中升腾而起，发出嗤嗤的声音。

第十二章　夜袭／106

GP一张脸憋得通红，他竭力仰着脑袋，让鼻孔露出水面，发出沉重的喘息声。但令人奇怪的是，他就保持这个姿势站立在水中，一动也不动。

第十三章　狸猫换太子／118

气氛变得格外凝重，队员们一个接一个地伸出右手，十一只手掌重叠在一起，感受着彼此手心里滚烫的温度。这不像是十一只手，更像是一座情义堆起的高山，千言万语都汇聚在了这里。

第十四章　让子弹飞／125

樱子虽惊不乱，仿佛早就有所预料，她伸出双手抓住面前这个敌人的手臂，顺势将他拽到自己面前，成功地挡住了自己的身体。

第十五章　最后的堡垒／134

陆川单膝跪地，双臂平托着M16突击步枪，整个人就像雕像一样，无论敌人的火力再怎么凶猛，无论再多的子弹从他的身旁呼啸而过，他都保持着岿然不动，全身散发出一种把生死置之度外的强大气势。

第十六章　千钧一发 / 144

照目前的情况来看，要想靠近反政府武装司令，首先就要干掉这对美女双胞胎。而且必须要在十分钟之内，抢在司令乘坐直升机逃走之前，局势可以说是千钧一发。

第十七章　灭口 / 156

GP满身尘土的从一片废墟中爬了出来，吼叫着跑了出去，"误会！这肯定是一个误会！你们杀错人啦！你们杀错人啦！是我们呀！我们是刺客小组呀！我们是自己人！你们为什么要开枪？你们为什么要开枪？"

第十八章　兄弟！兄弟！ / 164

马修斯的半边战斗服都已经变成了血红色，脸庞上面粘着泥土、汗水以及血渍的混合物。他的一只手死死捂着中弹的肩膀，另一只手紧握着突击步枪，指关节因太过用力而显得十分苍白。

第十九章 一个也不留／175

直升机上,西蒙少将咬着半截雪茄,看着两个狂奔而去的人影,骂声连连。罗斯特工瞟了西蒙一眼,口吻怪怪地说道:"你是不是有些后悔把他们训练的太过厉害了?"

第一章　特种兵王

陆川不敢轻举妄动,更不敢失去冷静。他知道欧文的丛林战非常出色,他会像幽灵一样,随时可能出现在意想不到的地方。

陆川静静地蛰伏在泥沼里。

他就像一头狼，一头等待狩猎的狼。

在这支战狼小分队里，陆川的身份代号是：狼王。

陆川蛰伏在泥沼里面已经整整三天了。三天以来，陆川唯一吃过的东西就是一只灰色的水蜘蛛。那只水蜘蛛从泥沼上面飞快地爬过，陆川眼疾手快将其捉住，然后囫囵塞进了嘴里——他强忍着恶心，只为补充一些蛋白质来维持体力。

在泥沼里面三天三夜不眠不休，对于特种兵的精力和心理来说，都是极限挑战。没有超乎常人的顽强毅力和坚定的战斗信念，就算拥有钢铁般的身躯也很难坚持下来。

丛林里安静的可怕，能够听见周围草丛里的虫鸣声。

阳光穿透层层叠叠的枝叶缝隙，洒落下稀稀疏疏的光斑。

陆川浑身裹满了灰褐色的泥浆，那是他的保护色，只要他不动弹，就算在三五米的近距离范围，也很难觅其踪影。

陆川微微露出小半边脑袋，一双眼睛警惕地打量着四周丛林，目光锐利，没有半分疲态。他紧紧地握了握怀中的 KBU-88 狙击步枪，一团炽热的火焰在胸口燃烧。由于在泥沼里泡得时间太长，他的手指已经发白肿胀，他需要不时地活动手指，以此来减轻麻木感。

不能放弃！

绝对不能放弃！

陆川在心里默默念着。

世界特种兵大赛已经接近尾声，现在还有一名强悍的"敌人"没有消灭，不到最后一刻，万万不能够掉以轻心。

十天前，来自全世界三十多个国家的精英特种兵，聚集在南美洲的热带丛林里面，进行一场激烈的比拼。每个国家各自为阵，除了限量的武器弹药之外，不配备任何的食物和水源，特种兵们除了要在残酷危险的原始丛林里面生存下去，还要彼此"厮杀"，最后幸存下来的特种兵才算是获得真正的胜利。

对于特种兵来说，世界特种兵大赛在他们心目中是神圣的，谁能在比赛中脱颖而出，谁就能够成为真正的"特种兵王"。

自从比赛开始，战狼小分队的表现就格外抢眼，他们强悍的战斗力、坚韧的斗志、超强的凝聚力，赢得了对手们的尊重和评委们的高度评价。

经过近十天的战火洗礼，数百名精英特种兵都相继败下阵来，战狼小分队也战斗到只剩下陆川一个人。不过陆川还没有取得最后的胜利，因为在这片丛林里面，还有一名来自Y国的特种兵——欧文。

现在，残酷的战场上只剩下了这两大高手。

他们都是超一流的特种兵，他们都想获得"特种兵王"的荣誉称号，都想为自己的国家捍卫荣耀。

但是，胜者只能有一个。

三天前，战狼小分队原本还有四名队员，但是可怕的欧文竟然连续打败了三名队员，陆川非常震惊，他知道自己遇上了前所未有的强大对手。

虽然对手超强的战斗力给陆川带来了巨大的压力，但是对于他来说，也非常渴望遇上这样一位旗鼓相当的对手。有句话说得好："高手最害怕的就是寂寞！

陆川不敢轻举妄动，努力保持冷静。他知道欧文的丛林战非常出色，他会像幽灵一样，随时可能出现在意想不到的地方。所以陆川决定以静制动，先潜伏起来，等着欧文的出现。这虽然是笨法子，但现在也不失为最好的法子。

暮霭沉沉，一天的光阴即将逝去。

就在陆川阖上眼皮，准备闭目养神的时候，不远处的灌木丛中突然传来一声异响。

咔嚓！

陆川猛然睁开了双眼，目光如电，射向声音发出的地方。

凭借敏锐的直觉，陆川认为，这声异响并不是什么小动物发出的，而是有人踩断了灌木的枯枝。

"猎物"终于出现了！

陆川尽量按耐住自己激动的心情，调匀自己的呼吸，然后慢慢沉入了泥沼里面。

此时的陆川，更像是一条伺机捕捉猎物的鳄鱼。

几秒钟过后，一个人影小心翼翼地从灌木丛后走了出来。

那人有着一头金色的短发，身躯算不上多么魁梧，但是碧蓝色的眼睛里却充满了机警和睿智。他叫欧文，来自Y国最负盛名的皇家陆军特别空勤团，代号"鹰隼"。

欧文的特种迷彩服上沾满了尘土和泥浆，脸上涂抹着厚厚的油彩，衣服上有很多破口，头发也有些凌乱——看得出来，他非常疲惫。他已经在这片丛林里面连续奋战了十个昼夜，高强度的作战令他几乎没有片刻的安宁。他的神经一直紧绷着，仿佛随时都会断裂。

十天以来，欧文已经记不清自己手中的这把L115A3狙击步枪消灭了多少"敌人"，十个？二十个？还是更多？欧文是特别空勤团里最厉害的神枪手，但是再厉害的士兵也不是钢铁做的，肉做的身躯终究会感觉到疲惫。

欧文使劲甩了甩昏胀的脑袋，他感觉自己走路的脚步开始变得有些虚浮。他已经很多天没有合眼了，此时他只想找个相对安全的地方，好好睡上一觉，哪怕只有一小会儿也行。

丛林里酷热难耐，泥沼里飘荡着阵阵腐烂的恶臭，陆川耐着性子，一动也不动，他在等待着最佳的"猎杀"时机。

十米、五米、三米……

欧文距离自己越来越近，陆川的心跳也越来越快。

欧文是个非常警惕的人，他不停地张望着四周，慢慢朝着泥沼这边走了过来。

他取下随身携带的军用水壶晃了晃，水壶里面已经没有水了，虽然泥沼里的水不太干净，但是事到如今，也只能凑合着饮用一些。丛林的气候让体内的水分消耗得很快，如不及时补充，很容易脱水昏迷，甚至死亡。

欧文往水壶里丢入一颗药丸，这颗药丸可以帮助过滤和溶解水中的一些细菌和微生物。然后他在泥沼边蹲了下来，伸长手臂，准备取水。

就在此时，潜伏在泥沼里面的陆川突然蹿了起来，如同闪电般扑向欧文。

欧文大吃一惊，不曾想到强大的对手竟然埋伏在这里。

不过欧文也是超一流的高手，虽惊不乱，他抬手将水壶凌空掷向陆川，同时翻身向后滚了开去。

啪！

陆川凌空一拳将水壶打飞出去，然后朝着欧文跪落下去。

欧文双脚使劲在地上一点，利用泥沼地的湿润，像泥鳅一样，嗖地向后滑去。紧接着,他翻身而起,回过身来的时候已经举起了手中的A3狙击步枪。

"不好!"陆川暗叫一声,急速狂奔几步之后,飞身跃入了不远处的灌木丛。

枪声随之响起,一颗空包弹打在树干上,木屑飞溅。

欧文是一个狡猾的对手,一枪不中之后,他并没有继续追击。因为他知道灌木丛里环境复杂,要是冲过去再被陆川伏击就麻烦了。所以在开枪之后,欧文的第一选择是逃走。他要逃入丛林,给自己增加安全性。

这次近距离的伏击未能放倒欧文,陆川的心里暗叫可惜。他拉了拉枪栓,翻身而起,赶紧追了上去。

两人在丛林里腾挪跳跃,不断地向前奔跑,相互之间约莫隔着三五十米的距离。

砰!砰!砰!砰!

狙击枪的怒吼声此起彼伏,惊飞了一群群倦鸟。

两条火线在丛林里面穿梭飞射,你一枪我一枪,谁也不敢停下来。因为停下来就有被对方击中的危险,所以只能不断地移动身形,躲避对手的攻击。

两人用的都是狙击手中最高超的一项本领:盲狙。

"盲狙"就是不用瞄准的狙击。每个枪手都能盲狙,但不是都能盲狙成功。盲狙靠的是一种对枪的感觉,更是一种高超的射击经验的展现。狙击手要在第一时间内精准判断出子弹射出的点位,从而举枪进行还击。他们的反应都是瞬间的,这也是陆川和欧文都不敢停下来的原因。

两人都是高手中的高手,不少子弹都是贴着两人的身体飞闪而过,场上的局面可谓是生死一线。

在连续互射数枪之后,两人已经奔跑出一二百米的距离。

突然之间,欧文不再射击了。

陆川也收起了枪,丛林里一下变得安静下来。

陆川知道,欧文此举是想让他先开枪,从而判断出他的位置。

不过陆川并不会上当。他依靠着一棵参天大树,慢慢蹲了下来。面前是一片灌木丛,为他提供了很好的掩护。

陆川缓缓喘了一口气,把枪管悄悄伸了出去。

时间仿佛在这一刻凝固了。

对面再也没有传来任何的声响，欧文就像凭空消失了一样，全无踪影。

但是直觉告诉陆川，欧文并没有离开，他此刻肯定藏身在某棵大树或者某片草丛后面，同样在细心搜寻着陆川的身影。

战斗到现在，两人都已是强弩之末，体力都被逼到了极限。所以这一次他们都想一鼓作气地把对手干掉，再也不想逃离了——是时候给这场比赛画上句号了。

微风轻轻吹拂着，闷热的丛林里面终于有了一丝淡淡的凉意。

突然，陆川瞥见，在一片垂吊的枝叶后面露出了一小片迷彩衣边。

这阵凉风拂动了枝叶，也在不经意间让欧文露出了一丝破绽。

陆川心头一阵狂跳，虽然这个破绽微不足道，但是对于陆川这样的高手来说，已经足够。

陆川屏住呼吸，目光一凛，就是现在！

砰——

一颗金色的狙击子弹从灌木丛里旋转飞射而出，刚好穿过晃动的枝叶缝隙，命中目标！

结束了！

终于结束了！

陆川放下狙击步枪，疲惫地躺在灌木丛里，脸上挂着胜利的微笑。

在一个宽大的卫星屏幕前，来自世界各地的高级将领都亲眼目睹了这精彩的一幕。沉默半晌之后，指挥室里爆发出了排山倒海般的热烈掌声。

陆川站在飘扬的国旗下面，高举右臂，手中的那座"特种兵王"奖杯金光闪闪！

……

黑夜如水，遥想着昔日峥嵘，陆川的心中涌起一股莫名的悲凉。

第二章 暗　　战

　　陆川屏住呼吸，他的心被高高地揪了起来，疯狂地跳动着。阿月的出现完全超乎了他的预料，她这是要做什么呢？

"陆川，你在想什么？下周是我的生日！"阿月像一只蜷缩的小猫，依偎在陆川的怀里。她没有杀意的时候，眼眸透彻清亮，十分迷人。

陆川轻轻抚摸着阿月光滑如绸的秀发，"哦？真的吗？那肯定要办个热闹的派对庆祝一下了！"

阿月幽幽叹了口气："有什么好庆祝的，你难道不知道女人每过一次生日，也就苍老了一岁吗？"

陆川微微一笑："话可不能这么说，就算再过十年、二十年，你在我的眼中永远像现在这般美！"

"你的嘴巴可真甜！"阿月轻轻掐了掐陆川的脸颊，"既然你提出要给我办一个生日派对，那所有的准备事务都由你负责吧！"

咚咚咚！咚咚咚！

此时，门外不合时宜地响起了敲门声。

敲门声不依不饶，并且有愈演愈烈之势。阿月恼怒地骂了几句，然后冲陆川扬了扬下巴，"亲爱的，你去开门！"

保卫军首领波波特站在门口。当他看见陆川时，眼角的肌肉忍不住跳了一下，瞳孔里闪过一丝森冷的寒光，稍纵即逝。

"你来做什么？"陆川冷冰冰地问。

波波特面色平静，毕恭毕敬地垂手站在门口，"我来求见尊贵的阿月夫人！"

阿月听闻，脸上流露出极度不悦的表情，"波波特？你还真会挑时间啊！"此时的阿月已慵懒地斜躺在床上。

"对不起尊贵的阿月夫人，打扰你休息了！"波波特鞠躬致歉。

阿月冷哼一声："知道就好！说吧，有什么事情要向我禀报？"

"是这样的！"波波特上前一步，恭敬地说道："再过几天就是你的生日，今年我们的队伍全面扩张，还占领了可那城，每一件都是大喜事。所以呢，我计划着给你举办一场盛大的生日派对，好好庆祝一下，不知道夫人的意见如何？"

阿月微微颔首道："你的建议非常不错！"

"真的吗？"波波特抬起头来，瞳孔里闪烁着兴奋的光芒。

阿月点点头，"其实你这个保卫军首领还是非常尽职的，我也很感谢你能记得我的生日！"

波波特的脸上已经荡漾起了笑容，"谢谢阿月夫人的赞赏，能够得到阿月夫人的垂青,是我几辈子修来的福气!你现在是可那城的统治者,这个生日派对一定要办得够隆重、够热闹!"

陆川环抱着双臂走到波波特面前,"这个我自然知道,有劳你费心了。"

波波特面色一变,"什么意思?"

阿月打了个呵欠,"波波特,我知道你也是一片好心!只不过在你来之前,我已经把生日派对全权交给陆川负责了,所以你也不用费心了。你还是把心思多放在安全防卫上面,确保派对那天不要出什么乱子!"

波波特见阿月都这样说了,只能讪讪地应了声"是",然后气呼呼地退出了房间。

阿月生日这天,她的皇家庄园里热闹非凡,所有可那城的上流人士都云集在了这里。当然,有很多人是被逼无奈而来的,现在阿月是这里的最高统治者,谁敢拂她的面子?

在陆川的精心安排下,皇家庄园被布置成了一片花海,各种娇艳欲滴的鲜花从庄园大门一直铺到城堡里。到了晚上,各式各样的彩灯闪烁着,放射出多彩光芒,将夜空映照得如同幻境。

今天的阿月格外漂亮,陆川为她精心挑选了一件浅紫色的晚礼服,简约大方的线条,柔美翻卷的流苏,恰到好处地衬托出她婀娜迷人的身姿。陆川则穿着黑色礼服,白色衬衣,脖子上打着一个黑色领结。虽然他左脸上戴着一个银色面具,但丝毫不影响他的帅气,反而平添了一种神秘气息。

阿月微笑着走过来,"怎么样,我美吗?"

"美!非常美!"

阿月嫣然一笑,凑上前来轻吻了一下陆川,"走吧,我们出去迎接客人!"说完挽着陆川的手臂走了出去。

众人见阿月出来,全场爆发出热烈的欢呼声。

阿月的脸上绽放出灿烂的笑容,"生日晚宴正式开始,希望大家能够玩得愉快!"

她话音刚落,就听砰砰砰的几声爆竹声响,漆黑的夜空中绽放出无数美丽的花朵,那些花朵不断地变幻着形状和色彩,在天幕上点缀出一幅幅绝美的画面。

很难想象，这场盛景的背后是一座几乎被摧毁的城市。

会场边上，波波特随手端起一杯XO，一口气喝了个精光，然后重重地放下酒杯，目不转睛地看着人群中的陆川和阿月，眼神里充斥着凶狠的光芒。

"队长，怎么一个人在这里喝闷酒啊？"一个身材高大的卫兵走了过来。

为了这场生日派对，上百名保卫军士兵在这里负责警戒。

波波特冷哼一声，再次端起一杯XO，"史金，过来陪我喝一杯！"

陆川和史金因为力战群狼，表现出色，分别被阿月和波波特看中。波波特非常欣赏史金在保卫军里的出色表现，很快就成为了波波特的贴身侍卫。

史金端起酒杯和波波特碰了一下，"队长，你看上去好像不太高兴？"

波波特打了个酒嗝，左手拎起酒瓶，右手揽着史金的肩膀，喷着浓烈的酒气，"我跟着阿月已经有十年了，我刚认识她的时候她还只是一个有今天没有明天的雇佣兵。这么多年来，我一直陪在她身边，关心她、保护她。在我的心目中，阿月永远是最完美的女人，我原本以为终有一天会等到她。但是，最近我发现自己太天真了，我究竟得到了什么？什么都没有得到！什么都没有得到！"

说到这里，波波特往嘴里猛灌了一口烈酒，脸上流露出怨恨的神色，"都怪那个陆川！都怪那个陆川！自从那个混蛋来到这里，一切都变了！一切都变了！他抢走了我的阿月！我要他死！我要他死——"波波特瞪红了眼睛，像一只发狂的野兽。

史金压低声音说："队长，你喝多了！你先下去休息吧，要是被阿月夫人看见你在工作时间醉酒的话，肯定会臭骂你的。"

"骂我？"波波特冷冷笑了笑，"哼！我现在算是看明白了，我在她的眼中根本什么都不是！什么都不是！"

"队长，你少喝一点，我去那边看看。"史金放下酒杯，转身离开。

史金从陆川面前走过，但是并没有打招呼。两人对视一眼，暗暗使了个眼色。

陆川扭头对阿月说道："阿月夫人，你跟朋友们先聊着，我去那边给你拿块披萨。"

阿月微笑着点点头，陆川迅速走了出去。

史金站在一棵大树下，手里夹着一支烟。

陆川端了一份糕点走过去，背对着史金，津津有味地吃了起来。

两人相隔的距离刚好能够听见对方的声音。但从他们的站位角度看，别人又会认为他们是互不认识的两个人。

史金吐着烟雾，笑眯眯地说："队长，你现在的日子过得很滋润嘛，美人在怀，夜夜笙歌，可别迷失自我了呀！"

陆川咬了一口糕点，"去你的！你知道什么叫伴君如伴虎吗？一个不小心，弄不好脑袋就没了，我才不想过这种日子呢！"

史金咽了口唾沫道："和阿月这么性感的女人在一起，就算掉脑袋也值了！"

"狗屁！"陆川趁人不注意，一脚"马蹄飞扬"狠踹在史金的屁股上。

"别生气嘛，我只是开个玩笑而已！"史金揉着吃痛的屁股。

"少废话了，赶紧把东西给我！"陆川催促道。

史金丢掉烟头，转身经过陆川身旁，与此同时，飞快地将一个小物件塞进了陆川的裤兜里，低声说道："万事小心！还有，那个波波特现在对你恨之入骨，随时都有可能对你不利，一定要提高警惕！"说完便走开了。

陆川把手插进裤兜里，摸到了那个冷冰冰的小物件，心里忍不住一阵激动。他深吸了一口气，环顾了一下四周，然后快步走进了城堡。

此时此刻，所有人都在晚宴上，城堡里面空荡荡的，一个鬼影都没有。陆川迅速奔上二楼，贴着墙根猫腰疾奔，很快来到了西面的一间屋子前。根据陆川这段时间的观察，这里就是阿月的办公室，里面肯定有关于反政府武装的绝密文件。

陆川轻手撬开门锁，闪身溜了进去，然后转身关上房门。

房间里黑咕隆咚的，什么都看不见。

陆川从兜里摸出一支事先准备好的小手电，打开四下照了照。

阿月的办公室装饰得非常气派，地上铺着昂贵的波斯地毯，屋顶倒悬着一盏华丽的水晶灯。屋子中央摆放着一组宽大豪华的沙发，矮几上面放置着精致的金银器皿。左面墙壁立着一个雕刻着精美纹饰的酒柜，右面墙壁摆放着一个高大的书柜。

平日里，阿月会把自己反锁在办公室里，谁也不知道她在做些什么。但是陆川猜测，阿月一定是在跟反政府武装总部秘密联系。

随后，陆川将目光牢牢锁定在了正前方那张办公桌的电脑上。他快步走了过去，从兜里摸出史金塞给他的那个小物件——一个精致小巧、外观像U盘一样的电子配件。但它并不是U盘，而是一种高科技的密码破解器。

陆川将密码破解器插入了电脑的USB接口，然后打开电脑主机开关。

伴随着嘀嘀声响，电脑屏幕很快亮了起来，随后出现了一个密码框。就在这时候，破解器上面突然亮起了绿灯，绿灯闪烁了两下后电脑屏幕突然一黑，等再次亮起时，上面出现了神童GP的头像。

"嗨，队长，好久不见，还好吗？"GP冲陆川挥手打着招呼。

从视频画面的背景看，GP应该是藏身在一辆汽车里面。

陆川抓起桌上的耳麦，飞快地小声说道："别跟我客套了，抓紧时间，破解密码！"

"OK！"GP咀嚼着口香糖，抬起右手，比了一个"OK"的手势。

视频画面消失了，电脑屏幕上出现了密密麻麻的程序编码。

"噢！老天！没想到这些坏家伙居然启用了非常先进的'宙斯'防御系统！"GP在那边失声惊叹。

陆川的心弦立刻紧绷起来，"什么？那你能够破解吗？"

GP嘿嘿一笑，笑声中带着无比的自信和骄傲，"开玩笑，我是谁？我是神童，超级黑客！队长，你就安心地等着看好戏吧！"

"抓紧时间！"

只见屏幕上的程序编码不断变换，不一会儿，耳麦里传来GP兴奋的叫喊声："搞定！"

"GP，干得漂亮！"陆川迅速移动鼠标，点击进入了电脑硬盘。

GP通过耳麦告诉陆川："你只需要点击硬盘里的那些文件，破解器就可以自动将文件拷贝下来。而且我已经在这台电脑中植入了一个我编写的超级木马，只要阿月再次与总部联系，我们就能成功追踪到他们总部的确切位置！"

陆川飞快地点击着鼠标，与此同时一份份绝密文件迅速传入密码破解器里。

就在一切看上去非常顺利的时候，房间外面突然传来了脚步声。陆川听得很清楚，那是高跟鞋撞击地面产生的清脆声响。

陆川蓦地一惊："不好！是阿月！阿月怎么上来了？"

文件拷贝已经进入最后阶段，陆川不愿意就这样轻易放弃。他一边凝神倾听着外面的脚步声，一边紧张地盯着电脑屏幕，心中焦急万分："快呀！快呀！快呀——"

终于，破解器上的绿灯熄灭，文件拷贝完毕。陆川伸手拔出破解器，然后啪地摁下电源开关，闪身躲进了办公桌下面。

几乎就在同一时刻，房门被推开了，一束灯光从门缝射入进来，阿月窈窕的身影出现在了门口。

陆川屏住呼吸，他的心被高高地揪了起来，疯狂地跳动着。阿月的出现完全出乎了他的预料，她这是要做什么呢？

眼见阿月一步步朝着办公桌逼近，在这短短几秒种的时间里，陆川的脑子里飞快转动着，闪过了无数个解决方案。

五米、三米、两米、一米……

陆川双拳紧握，就像一头蓄势待发的猛虎，下一秒钟就准备扑向猎物一招制敌。

这时房门口突然传来砰地一声闷响——有人闯了进来！

阿月停下脚步，转身喝问道："谁？！"

"是我！"波波特一手拎着酒瓶，一手靠在门边，醉眼朦胧地看着阿月。

陆川心中一惊："波波特？！这个混蛋怎么也跟上来了？"

波波特往嘴里灌了两口烈酒，摇摇晃晃地走了过来。

阿月厉声喝道："波波特，你来这里做什么？"

波波特打了个酒嗝，"我看见你上楼，所以就跟着上楼喽。你知道的，尊贵的阿月夫人，我非常关心你的安全，不知道你一个人上楼来做什么呢？"

阿月的口吻异常冰冷："我上楼做什么用不着向你汇报吧？还有，你可别忘了规矩，这间办公室除了我以外，谁也不准踏入半步！擅闯办公室的人只有一个下场，那就是——死！"

"死？！哈哈！你要我死？！你居然要我死？！"波波特突然笑了起来，笑声中带着一丝悲凉的意味。他索性在屋子中央的沙发上坐了下来，翘着腿，挑衅地看着阿月，"来吧，我就坐在这里，你随时都可以动手杀了我！"

阿月满脸愤怒，"你以为我不敢吗？"

波波特喷着浓烈的酒气说道："其实你早就想杀了我对不对？因为你有了陆川那个杂碎，所以我对你来说，已经没有半点用处了是不是？"

阿月冷冷地盯着波波特，"闭嘴！我不过是上来拿包烟而已！哼，要不是看在你跟随我多年的份上，我一定会割下你的舌头！"

"哼！"波波特突然摔碎了酒瓶，噌地站了起来，指着阿月愤怒道："亏你还记得我跟随你多年！你扪心自问，这些年要是没有我帮助你，你能爬得这么快？你能顺顺当当坐上现在的位置？我波波特没有功劳也算有苦劳吧？可是没想到你居然忘恩负义，把我当成垃圾一样扔掉，我真的很寒心！很寒心啊！"说着，波波特面容狰狞地朝阿月一步步走了过去。

阿月环抱着手臂，"那你想要怎么样？"

波波特瞪红了眼睛，像只发狂的野兽，一把抱住了阿月，"你知道我是爱你的，你知道这么多年来我都是爱你的！我默默为你付出了那么多，为什么我在你的心目中，还比不上陆川那个混蛋？"

阿月冷冷道："我对你从未有过任何兴趣，请你不要自作多情了！如果你不想死的话，立即放开我！"

"不！不！"波波特心中的野兽猛然爆发了，他嘶声吼叫："你是我的！你永远都是我的！"说罢开始强行撕扯阿月的长裙。

啪！

清脆的声响在黑暗中听上去格外清晰。

阿月这一掌非常用力，波波特的左半边脸颊变得鲜红无比，几乎要溢出血来。波波特瞬时清醒了不少，赶紧松开双手，捂着脸向后退了半步。

"滚——"阿月怒声喝斥，就像一只发怒的狮子。

终于，房间再次淹没在了宁静的黑暗中。

陆川长长地松了口气，刚才真的是好险，幸亏波波特帮他挡了一劫。

古堡外面的草坪上依然是人头攒动，一番热闹光景。

陆川快步走出古堡，刚好史金带着一队保卫军巡逻过来。

"噢，我的好兄弟，见到你真是高兴呀！"史金故作欣喜地张开双臂，上前跟陆川拥抱了一下，"嘿，还好吗？"

"当然！"陆川微微一笑，那个破解器此时已神不知鬼不觉地进入了史金的衣兜里。

"听说你现在可是阿月夫人身边的大红人呀！"史金说。

陆川道："阿月夫人对我们这么好，我们肯定要尽心尽力地为她效劳！"

"这个自然！"史金点点头，"我继续巡逻去了！"说着，史金冲陆川挥了挥手，带着士兵离开了。

陆川来到一个留着小胡子的厨师面前，"嘿，老兄，给我一份披萨！"

此时的阿月站在湖边，左手夹着香烟，右手端着一杯红酒。夜风拂动着长裙，她看上去就像暗夜中盛开的妖娆花朵。

陆川端着银盘来到阿月身旁，"尊贵的阿月夫人！"

阿月回头看了一眼陆川，"拿一块披萨去了这么久？"

陆川歉意地笑了笑："刚刚去拿披萨的时候碰见了一个老朋友，和他聊了一会儿，他现在可是波波特手下的大红人。跟他告别后，我发现披萨稍稍有些凉了，于是我又让厨师重新烤了一块，你快尝尝！"

阿月接过披萨饼，娇媚一笑，"陆川，你对我真好，能不能帮我做一件事？"

陆川右手捂着胸口，表现出一副誓死效忠的样子，"尊贵的阿月夫人，只要是你需要我做的事情，就算上刀山下油锅我也义无反顾！"

"好！"阿月的眼神瞬间变得冷厉起来，只听她一字一顿地说道："我想让你帮我除掉波波特！"

"啊?!"听闻这话，陆川着实吃了一惊，他假装不解地看着阿月，"阿月夫人，你说的是真的吗？"

阿月冷哼道："你看我像在开玩笑吗？"

陆川试探着问："可是……波波特是保卫军头领，又是你最得力的手下，你为什么要……要干掉他呢？"

阿月淡淡说道："没有为什么，我只是觉得他不应该继续活在这世上了！"

阿月这话说得冰冷决绝，陆川的心中没由地打了个冷颤，不过，他心里更多的是窃喜，波波特一直是他接近阿月的最大障碍，现在阿月和波波特两人反目，这无疑大大增加了自己这边的胜算。

第一滴血

第三章　军　变

  波波特微微一怔，不知道为什么，他的心里竟然生出一丝慌乱。他突然发现，阿月脸上的表情太平静了，平静得没有一丝波澜，没有一丝惊讶，仿佛所有的事情她都了然于胸。

这是一间宽大的书房，装饰奢华。

波波特身着军装，背着双手站在办公桌前，神情肃穆。

在波波特的面前，站着包括史金在内的十名保卫军士兵。他们整齐地排成一列，双手紧贴着裤缝，身上的军装绷得笔直。

波波特的目光自左向右，从这十名士兵的脸上缓缓扫过。接着，他清了清嗓子，缓缓说道："你们是我最忠诚的手下，也是保卫军里十把最精锐的尖刀，知道我今天为什么要把你们召集到这里吗？"

十名士兵整齐地摇了摇头。

波波特双手撑着办公桌，微闭着眼睛，深深吸了口气。

当他再次睁开眼睛的时候，这些士兵看见了他眼中闪现的可怕寒光。

只听波波特说道："我把你们召集在这里，是想告诉你们，我们保卫军即将迎来一场浩劫！哼，浩劫不过是委婉的说法，说的直白一点，我们保卫军将要迎来一场死亡的洗礼！我想你们当中的每个人，对死亡都不会感到陌生吧！"

"头儿，我听得不太明白，你能直接告诉我们发生了什么事吗？"一名士兵问道。

波波特抬头仰望着天花板，重重地叹了口气，面容悲戚地说道："阿月夫人想要除掉我们！"

"什么？！"

波波特的这句话就像重磅炸弹一样落在士兵们的心头，他们的脸上再也无法保持平静。

"为什么阿月夫人要除掉我们？头儿，你是从哪里得到的消息？"

波波特眼里冷光闪烁，"这是阿月亲口给我传递的讯息！她说她不再信任我了，不再信任我们伟大的保卫军了，所以我们自然也没有存在的必要了！"

"头儿，你不是阿月手下最得力的干将吗？她为什么不信任你了呢？"

"因为阿月的身边多了一个叫陆川的混蛋。那个混蛋一直都不把我们保卫军放在眼里，我可以肯定地说，阿月这次想要除掉我们，一定也有这个混蛋在后面推波助澜！"波波特回答道。

"这些年我们对阿月忠心耿耿，日夜保护着她的安全，没想到她一个不高兴就要把我们灭掉！"

"对！她把我们当成什么了？当成她养的狗吗？"

"哼！难道她不知道狗急了也会跳墙吗？"

"我们必须奋起反击，决不能被她随意摆布！"

看着手下士兵的怒火已被点燃，波波特的脸上出现了一丝不易觉察的冷笑，他继续煽动着士兵们的情绪："要不是我波波特这些年来的帮助，阿月怎么能够坐上这个位置？要不是你们这些保卫军兄弟的忠诚跟随，她又怎么能够坐得稳这个位置？现在她过河拆桥，全然不顾昔日的恩情，这口气我实在难以下咽！"

一众士兵纷纷附和道："是呀，这口气我们也吞不下去！头儿，你说吧，现在我们该怎么做？"

波波特冷哼道："既然阿月已经把刀子架在了我们的脖子上，难道我们还能伸长脖子任她宰割吗？我们要奋起反击，先下手为强，不给她任何喘息的机会！"

"奋起反击！奋起反击！"

士兵们群情激奋，振臂高呼。

史金也学着他们的模样，装出一副苦大仇深的样子。

波波特抬起手臂，示意士兵们安静下来，"下面我要讲的才是今天的重点，你们都仔细听好了。三天之后是传统庆典活动，到时候阿月会去城郊的可那古遗址拜祭，这是我们刺杀阿月的最好机会。如果这次计划能够成功，我将接替阿月坐上二号首领的位置，到那时候，我给你们每个人升官封爵，日子至少比现在好上十倍！"

"头儿，阿月是可那城的最高统治者，她在这里的势力很大，况且她的身边还有陆川那样的高手。恐怕……单凭我们这几个人的力量，很难推翻阿月……"

波波特听罢冷冷地说："怎么？你怕了？"

"不！我不是害怕，我只是有些担心，毕竟发动军变不是一件小事。即使我们能够成功刺杀阿月，我们还要考虑之后可能会发生的事情，毕竟阿月的手上还有军权……"

砰——

枪声骤然响起，这名士兵的声音戛然而止，一颗子弹从他的眉心处射入，穿透了他的脑袋。

房间里顿时变得鸦雀无声，士兵们不再说话，表情变得有些复杂。

波波特吹了吹枪口冒出的白烟,"我的队伍中不允许出现懦弱的人!谁还想退出?"

剩下的九名士兵全都像钉子一样钉在地上,没有谁敢动。

波波特扫了众人一眼,突然微微一笑,"既然大家都不愿意退出,那我们现在就是一条绳上的蚂蚱了。现在请大家随意找个位置坐下,详细商谈一下三天之后的行动计划!"

从办公室里出来的时候,士兵们的神态有些凝重,他们清楚地知道即将面对的是什么。只有一名士兵例外,心里反而有些欣喜,他就是史金。

刺客小组的成员们潜伏在可那城也有些时日了,虽然计划总体进展的还算顺利,但始终没有取得突破。史金清楚地知道,这是一个除掉波波特的绝佳机会。波波特一直是任务里的最大障碍,如果可以扫除这个障碍,那么解放可那城指日可待。

自从阿月生日晚宴之后,波波特便明白自己已和阿月撕破了脸。以阿月的性格来说,不可能就这样放过他,把他解决掉是迟早的事。与其坐以待毙,不如抢先一步奋起反击,或许还能获得一线生机。只要能够成功除掉阿月,不管以功劳还是以资历来算,他波波特都能顺理成章地接替阿月的位置,成为可那城的最高统治者。

看着窗外渐渐西沉的落日,波波特缓缓举起手枪,瞄准那轮夕阳,阴恻恻地自言自语道:"阿月呀阿月,这可都是你逼我的!既然你不仁,那也别怪我无义了!三天之后,你就等着和陆川一起下地狱吧!"

三天后。

今天是D国一年一度的盛大节日。

可那古遗址坐落在可那城西郊,据说已有上千年的历史,在D国很有名气。

在战乱后,昔日一派宁静怡然景象的古遗址已然成了一处难民营。可今天,这些难民连这处避难所都没有了。因为阿月要来拜祭,所以波波特出动了保卫军对这里进行了一次"清场"。

当然,波波特煞费苦心地亲自带队"清场"也有他自己的算盘。一方面,如果不赶走这些难民,到时候人多眼杂,恐怕会给自己的行动增加许多困难,甚至会留下隐患;另一方面,把寺庙"清场"后,波波特可以安排自己的人手提前埋伏起来。

这日，阿月早早起了床，换上一身素装。

陆川也收拾妥当，并将一把银色的"沙漠之鹰"缓缓插在腰后。

"准备好了吗？"阿月问。

陆川点点头。

阿月莞尔一笑，"需要一件防弹衣吗？"

陆川淡淡道："不用！"

作为可那城的最高统治者，阿月每次出行的排场都很大：两辆架着机关炮的军用吉普车在前面开路，车上坐着全副武装的保卫军士兵。后面是三辆霸气的黑色悍马，那硬朗的车身线让它看上去就像坦克一样。波波特和几名贴身卫兵坐在第一辆悍马车里；陆川作为阿月的贴身保镖，和阿月同乘第二辆悍马车；第三辆车里坐着史金和其他几个卫兵。在悍马车的后面，跟着一辆迷彩装甲车，马达轰鸣，犹如怪兽在咆哮。

车队穿城而过，驶向西郊。

陆川坐在副驾驶，看着窗外一幅幅掠过的画面。

衣衫褴褛的难民、被炸弹削去半边楼顶的房屋、燃烧的汽油桶、倒塌的电线杆、变成废铁还在冒着黑烟的汽车……

空气中充满了浓浓的死亡气息，这里的一切都是如此破败、如此苍凉，就像电影里出现的末日景象。

"你在想什么？"阿月问。

陆川收回目光，"我在想这场战争还有多久才能结束？"

阿月淡淡地说道："也许明天就能结束，也许永远都不会结束，谁知道呢？"

陆川道："难道我们就这样一直和政府军对峙下去？"

阿月冷哼了一声，眼睛里泛着寒光，"对峙？！呵呵，那只是暂时的！早晚有一天，我们会把他们消灭干净！"

行驶了约莫一个多钟头，车队在可那古遗址外面停了下来。

古遗址的背后是连绵起伏的青山，翠绿的山峦使得这里清致淡雅。

恰逢天气不错，晴空万里，晨曦沐浴着古老的遗址，仿佛给这里披上了一件霞衣。

站在古遗址入口处，一股庄严肃穆的浩然之气扑面而来，令人不由自主地生出敬畏之情。

军用吉普车上的士兵率先下车，在入口迅速整齐地排成两列，持枪警戒。

第一辆、第三辆悍马车的车门同时打开，波波特带着几名贴身卫兵走在前面，史金和几名卫兵留守在后面。等阿月从车里下来后，史金他们才快步跟上。

波波特的嘴角露出一丝令人不易觉察的阴冷笑意，这看似严密的保护其实早就变为了一个人造牢笼——阿月和陆川在里面等于是插翅难飞了。

可那古遗址分为前、中、后三个院落。这三部分错落有致，呈阶梯式分布。前院栽种着高大的古树，从那盘错的树根不难看出，它们都有着几百上千年的树龄。

阿月从前院的台阶拜起，她每拜一次，陆川和那些卫兵们也要跟着跪拜。

穿过前院，登上一组宽大的白色花岗岩阶梯，便来到了中院，这里是整个古遗址的中心。

卫兵拿出事先准备好的香火和供果，在供桌上摆好，然后点燃香线，虔诚地跪下递给了阿月。原本在供桌前的蒲团被难民们拿走了，地上光溜溜的。阿月倒也不介意，接过香线，直接跪在了冰冷坚硬的地面上。

阿月将手中香线高举过头顶，闭上眼睛，嘴里念念有词，然后恭敬地拜了三拜。就在她准备站起身来的时候，一个冰冷冷的东西抵住了她的脑袋。多年的作战经验告诉阿月，在她脑袋后面的是一把手枪。

"你做什么？！"陆川惊呼一声，刚刚拔出插在腰后的那把"沙漠之鹰"，便有好几个黑洞洞的枪口对准了他。

阿月的脸上短暂地闪过一丝讶异之色，随即换上了一副冷漠的面容。她没有回头，只是口吻冰冷地问："波波特，你做什么？"

"哼！我做什么？"波波特的脸上露出狰狞的表情，他瞪红眼睛，粗暴地嘶吼道："我走到这一步，都是你给逼的！"

阿月冷冷说道："莫非你不知道发动军变的罪名很大么？"

"哈哈哈！"波波特猖狂地笑了起来，"这里都是我的人，谁知道我发动了军变？只要把你干掉，回去我就能顶替你的位置！阿月呀阿月，让我把你和你的小情郎一块儿送去地狱吧！哇哈哈哈！"

"你为什么要这样做？"阿月的脸上没有半点情绪波动。

波波特停止笑声，脸上布满了浓浓的怨气和恨意，"好问题！你问为什么要这样做？你说呢？阿月，你告诉我？我为什么要这样做？我跟着你这么多年，你今天的所有成就都有我一半的功劳，我为了你，任劳任怨，只为能够陪伴在你的身边！可是你呢？你是怎么对我的？你把我当成一条狗来使唤！我为你付出了这么多，我得到了什么？我知道，你心里早就想干掉我了！我为你付出了半辈子的时间和精力，到头来你却想要干掉我，哈哈，想要干掉我？好吧！既然你对我如此无情，我为什么还要对你留情呢？没错！我就是要发动军变，因为我要代替你，我要成为可那城的最高统治者！所以阿月，今天你必须死在这里！你别怪我，要怪就怪你自己！"

波波特就像一个失心疯的病人，说到最后，他的眼角竟然还流出了眼泪。波波特深吸一口气，擦掉眼角的泪水，缓慢而坚定地拨开了手枪的保险，然后用命令的口吻对阿月说道："转过头来！"

阿月慢慢转过来，脸上依然平静如水。

波波特伸手抚摸着阿月的脸，露出痛苦的表情，"阿月，你知道吗？我有多么地爱你！"说完这话，波波特再次深深地吸了一口气，手指已经放在了扳机上。

"你会后悔的！"阿月冷不丁地冒出一句话。

波波特微微一怔，不知道为什么，他的心里竟然生出一丝慌乱。他突然发现，阿月脸上的表情太平静了，平静得没有一丝波澜，没有一丝惊讶，仿佛所有的事情她都了然于胸。

哒哒哒！哒哒哒！

古遗址外面突然响起了枪声，同时传来的还有两声凄厉的惨叫。

"他们已经死了！"还没等波波特开口，阿月便淡淡地说道。

波波特浑身一震，突然间面如死灰，仿佛一下子苍老了十岁。

阿月道："波波特，你们已经被包围了，你的军变计划失败了！放下枪，我会让你死得痛快一点！"

"不！不——"波波特情绪失控地咆哮起来，"我不会失败！我不会失败的！我要杀了你！我要杀了你！"

波波特双目赤红，就像一头发狂的野兽，陷入了极度狂乱的精神状态之中。

阿月一直在悄悄地凝聚着战斗力,等待最佳的反击机会。就在波波特情绪失控的一刹那,阿月的眼中闪过一道精光,闪电般的一记手刀劈砍在波波特握枪的手腕上。枪口顿时失了准头,就听砰的一声,一颗子弹贴着阿月的脸颊斜射在了地上。接着,阿月反手肘击在波波特的胸口上,波波特一连退了好几步。

就在阿月反击的同时,陆川也动手了。他强而有力的右腿凌空划出一道漂亮的半弧,径直踢飞了后面保卫军士兵手中的枪。接着他急速扭转腰身,左腿紧跟着右腿横扫而出,啪地抽打在士兵的脸上。那名士兵经受不住这记重击,噗地喷出一口鲜血,倒地晕死过去。

哒哒哒!哒哒哒!……

遗址外面传来急促的交火声,有密集的脚步声从四面八方围拢上来,偶尔传来士兵们的呼喊声:"抓住这些叛徒!不能放走他们!"

此时此刻,波波特就像困笼之鸟,脸上写满了焦急和惶恐,早已经乱了方寸。

砰!

史金飞身撞碎了一扇木格子窗户,冲着波波特招手道:"头儿,走这边!"

波波特来不及多想,飞快地跑过去,纵身跃出窗户。

看也不看周围被打死的几人,阿月冰冷冷地对陆川说道:"去把逃走的叛徒干掉!"

"是!"陆川领命而去。

后院中央有一个圆形池塘。池塘里面有清澈的泉水,还有自由自在游动的金鱼。一阵密集的交火声后,这里又恢复了宁静。

阳光把陆川的影子拉得又斜又长,这个背影是那么冷酷……

第一滴血

第四章　一对一

　　但是遭此重创之后，波波特浑身的骨头就像散了架似的，根本使不出半分力气，脸上布满颓然之色，就像一只战败了的公鸡，静静地躺在地上。

在古遗址内一条偏僻的巷子里，一阵凌乱的脚步声响起，三条人影从远处神色慌张地跑了过来。

正是破窗逃跑的波波特、史金和另一名士兵。

波波特拎着一把银黑色相间的伯莱塔92F型手枪，面容狰狞地走在最前面。

史金和那名士兵各自端着一把AK－47突击步枪，分列两翼，跟在波波特身后，密切地观察四周的动静。

波波特抬头望了望天空，太阳有些刺眼，他的心狠狠地抽搐着。

前一秒钟还是高高在上的保卫军首领，后一秒钟却沦为惶惶然的丧家之犬。

哒哒哒！

身后突然响起激烈的枪声，震耳欲聋。

几颗金灿灿的弹壳叮叮当当落在地上，滚到波波特脚下。

突如其来的枪声令波波特猛然一惊，他触电般地跳了起来，回头向身后望去。

只见身后士兵身中数弹，已经倒在了血泊中。

史金举着突击步枪，还在冒烟的枪口正对着波波特的脑袋。

"你疯啦？"波波特冲史金咆哮起来。

史金挤出一丝冷冷的笑意，"我很清醒！"

看着史金脸上的笑容和那把对准自己的突击步枪，波波特突然明白了什么，脸上的表情开始变得极其复杂。

"是你！是你走漏的风声！"波波特如梦初醒，冷眼逼视着史金。

史金毫无惧色地迎着波波特那凶狠的目光，淡淡说道："没错！是我！"

"你为什么要这样做？"波波特目光凌厉地看着史金，如果目光能够杀人的话，他已经把史金大卸八块了。

史金甚至能够清楚地听见波波特牙关撞击的咬合声响，此刻波波特一定恨不得扑上来把他撕成碎片。

"为什么?！为什么?！这是为什么?！"波波特已经有些歇斯底里了。

如果不是史金出卖他，他现在已经干掉阿月，成功上位，成为可那城的最高统治者，掌握着所有人的生杀大权。这完美的军变计划，现在竟然毁在了自己的亲信手里。那种被人背叛的感觉，仿佛毒蛇一样啃噬着波波特的心灵，让他几近疯狂。

波波特额头上青筋暴起，气喘如牛，一张脸涨得通红，"你这个叛徒！我要杀了你！"波波特瞪红眼睛，怒吼着想要开枪。

史金往前伸了伸枪管，带有余温的枪口顶住了波波特的脑袋。"我奉劝你最好不要轻举妄动，当你还没举起手枪的时候，我就会开枪打爆你的脑袋！如果你不相信的话，那就尽管试试吧！"

史金这话绝非危言耸听，波波特咽了口唾沫，右手缓缓放了下去。

波波特嘶声叫骂道："史金，你这个混蛋！吃里扒外的狗屎！我待你不薄，你为什么要这样对我？"不等史金说话，波波特接着说道："如果军变成功了，你跟着我一起上位，不但能做大官，还要钱有钱，要女人有女人，有什么不好？"

"那不是我想要的生活！"史金的口吻依旧波澜不惊。

"你不想过那种奢华的生活？"波波特显得很惊讶，随即哈哈大笑起来，"那你想过什么样的生活？"

"没有战争，就是我想要的生活！"史金说。

波波特怔了怔，带着嘲讽的口吻冷笑道："没有战争？！哼！你简直是在痴人说梦！有人类的地方就会有杀戮有战争！知道为什么吗？因为人是贪婪的动物，他们永远无法懂得满足！"

史金冷冷反问："就像你一样么？"

"对！"波波特咬着嘴唇道："像我一样有什么不好吗？这个世界上的每个人都像我一样，都是为了自己而活着！"

"你错了！"史金凝视着波波特的眼睛，"这个世界上还有一种人，他们是为别人而活着！我，史金，就属于这样一类人！"

"呸！"波波特啐了口唾沫，一脸不屑地骂道："你还真以为自己这么伟大啊？！说吧，你到底收受了阿月多少好处，才到我的身边做卧底的？"

"好处？！"史金轻蔑地笑了笑，"波波特，你想错了，没有任何人收买我，是我自愿的！"

波波特愣了半天，破口骂道："你这个疯子！杀了我对你有什么好处？"

史金道："对我有没有好处我可不知道，我只知道，杀了你，可那城的老百姓应该会欢欣鼓舞的！"

波波特脸色铁青，"看在我以往待你不薄的份上，你能放我走吗？"

"当然不能！"史金回答的斩钉截铁，"放走你，我可是会掉脑袋的！"

波波特面如死灰，他狠狠地瞪着史金，"算你狠！"

史金的脸上浮现出一抹诡秘的笑意，"对了，忘记告诉你了，其实我和陆川是好朋友，所以你失算了！你只把利益算入了你的计划中，但你却遗漏了人类最本质的情感！"

波波特闻听此言，浑身一震，面露颓然之色。

无人知晓，在这一刻，他有没有从史金的话语中领悟到其中奥义。

只听一阵嘈杂的叫喊声和脚步声过后，阿月带着一群士兵走进小巷，把那里围了个水泄不通。

阿月走到波波特面前，脸上露出迷人的微笑，"感觉怎么样？"

波波特怒视着阿月，"我认栽！要杀要剐你赶紧的，我波波特要是皱一下眉头，就不是条汉子！"

"呵呵！"阿月轻笑两声，"我很欣赏你的勇气，你知道叛徒的下场是什么吗？"

"少废话！动手吧！"波波特挺起胸口，一副满不在乎的模样。

"不急！"阿月拍了拍波波特的肩膀，"看在你跟随我多年的份上，临死之前，我可以满足你一个愿望！"

波波特眉头一挑，"真的？"

阿月道："我阿月一向说话算话！不过你总不会傻到提出让我放你走这样的愿望吧？"

波波特冷哼一声，突然扬手指着阿月身后的陆川说道："临死之前，我要跟他单挑！"

"哦？"阿月的柳眉微微一扬，"你确定？"

波波特坚定地点点头，"我跟他一对一单挑，如果我杀了他，我下地狱的时候还能找个伴！"

"嗯！"阿月颔首道："这倒是一个不错的想法！"

她回头问陆川："亲爱的，你觉得怎么样？"

陆川环抱着双臂，阳光落在他的银色面具上，闪烁着寒光，"对付叛徒，我是不会手下留情的！"

"好！"阿月挥挥手，示意四周的士兵们散开，给陆川和波波特留出一块空地。

史金也退了下来，经过陆川身旁时，飞快地说道："波波特的腿功很厉害，尤其小心他的右腿！"

陆川走上前，一把扯掉上衣，和波波特相向而立。

精壮的身板暴露在空气中，阳光在古铜色的肌肤上跳跃，一股刚烈的肃杀之气以陆川为中心，如同无形的海浪般向四周翻涌。

波波特啪啪啪地捏着手指，双眼一片通红，自从陆川来到可那城之后，爱情和权力都被他夺走了，如今他一无所有，而且还成了众矢之的，这口恶气波波特就算死也咽不下去，"陆川，今天我一定要杀了你！"

"呀——"

波波特突然暴喝一声，一股强劲的杀气自他体内爆发出来。他如同一头疯狂的猛兽，怒吼着冲到陆川面前，一记力道十足的冲拳轰向陆川面门。

波波特这一拳没有什么多余的花招，但是这看似平淡无奇的一拳，却充满了强悍的力量。他的拳头就像一颗炮弹，带着呼啸的劲风袭向陆川。

在波波特的拳头距离陆川还有半米远的地方，那霸烈的拳风就刮得陆川脸颊生疼。

陆川知道这一拳力道生猛，并没有硬接，而是身体迅速后仰试图躲开。

波波特仿佛算准了陆川会选择躲避，不等招式到位便迅速收回右拳，然后闪电般唰地使出一记左勾拳，砰地击中了陆川的小腹。

"唔！"

陆川闷哼一声，捂着小腹连退数步，单膝咚地跪倒在地上。

陆川皱着眉头，脸上的表情阴晴不定，一缕鲜血顺着他的嘴角流了出来，吧嗒吧嗒地滴落在地上。

围观的士兵见状情不自禁地惊呼起来。

"陆川！"史金焦急地看着自己的兄弟。

"阿月夫人！"有几名士兵下意识地想冲上去。

阿月竖起手掌，面容冷峻地说道："退下！规矩就是规矩！而且，我相信陆川的实力！"

波波特握着拳头，嘿嘿冷笑，"姓陆的，上次你把军刀架在我脖子上的时候，不是很嚣张吗？"

陆川抬起手背，擦了擦溢出嘴角的血迹，撑着手臂缓缓站了起来。

"再来！"陆川冷冷说道。

"去死吧！"波波特提着拳头，再次冲了上来。

波波特的身法快如闪电，在普通人眼中，只能看见迅疾如风的身影在闪烁。

"呀——"波波特厉喝一声，挥拳攻向陆川面门。

唰！

陆川身影一晃，侧身避过了这一拳。

波波特发出"呀呀呀"的怒吼，一拳接一拳，犹如滔滔不绝的海浪攻向陆川，层层叠叠的拳影将陆川笼罩在其中，围观的士兵已经分不出哪个是波波特的影子，哪个是陆川的影子。

波波特越攻越快，拳风划破空气，发出"唰唰唰"的呼啸之音。

陆川并没有急于反击，而是凝神紧紧盯着波波特的拳头，静心观察波波特的拳路。波波特进攻的动作越快，陆川躲避的动作也就越快。

电光火石的瞬间，波波特已经连续轰出数十记重拳，但都被陆川一一躲闪开去。

眼见连续多拳无法击中陆川，波波特心中渐渐浮躁起来。

这种重拳非常耗力，一连数十拳轰出之后，波波特的额头已经布满了密密麻麻的汗珠，脸涨得通红，呼吸也开始变得急促起来。

表面上看，波波特占据了绝对的上风。他的一连串重拳让陆川连连后退，马上就被逼到了墙角；再继续攻下去，陆川将避无可避。

眼见这样的情形，许多士兵的脸上都露出了焦急的神色。

然而，在阿月和史金的脸上，却浮现出了丝丝笑意。

就听不远处传来砰的一声闷响。众人惊诧地寻声望去，只见波波特一记重拳贴着陆川的脸颊飞过去，重重地轰击在墙角的墙壁上，碎石飞溅，那恐怖的力量在坚硬的墙壁上留下了一个拳头大小的窟窿。

陆川躲过这一拳，瞳孔里顿时射出一道精光，就是现在！

在这个瞬间，如果波波特有足够充沛的体能，他的下一拳应该毫无停留地轰了出去。可是在经历了一连串的攻击之后，他的体能消耗过大，不能在第一时间持续进攻，中间出现了进攻停留的空白期。

而陆川一直等待的，就是这个空白期！

只见陆川屈起右腿，在墙壁上突然使力一蹬，非常灵巧地从波波特的臂膀下穿了过去，同时伸手环抱住他的腰部，瞬间绕到他身后。

不等波波特反应过来，陆川猛地发出一声喊，双手紧紧环抱住波波特的腰，使出格斗技术里一招"倒拔杨柳"，将波波特腾空举了起来，然后腰身向后一折，凌空一记重摔狠狠地将波波特摔出五六米远。

围观人群爆发出一片惊呼！

波波特被摔得眼冒金星，五脏六腑就像移了位似的，趴在地上半天都爬不起来。

终于，等波波特好不容易缓过气来的时候，发现一双黑色的高帮军靴出现在面前。

顺着军靴往上看，便是陆川那张戴着半边银色面具的冷酷脸庞。

"起来！"陆川冷冷说道。

"呃……"波波特喉头动了动，挣扎着想要爬起来。但是遭此重创之后，波波特浑身的骨头就像散了架似的，根本使不出半分力气，脸上布满颓然之色，就像一只战败了的公鸡，静静地躺在地上。

阿月缓缓走到波波特面前，面容冰冷地说道："波波特，你输了！"

波波特喘息着说："我……我还有最后一个请求！"

阿月皱了皱柳眉，没有做声。

波波特的脸上流露出悲凉神色，"我请求你看在这么多年交情的份上，给我一个痛快吧！"

"可以！"阿月点点头，从陆川手中接过"沙漠之鹰"，冰冷的枪口对准了波波特的眉心。

波波特慢慢合上眼皮，他的脸上浮现出了奇怪的笑容，"阿月，我爱……"

砰——

枪声响起，惊起了一群飞鸟。

有时候，爱情让人勇敢幸福；有时候，爱情让人疯狂残忍。

阿月将"沙漠之鹰"还给陆川，转过身，对着手下的士兵高声说道："叛贼波波特已被我处死，他谋叛篡位，这是他罪有应得！如果今后还有人敢挑战我的权威，我保证他的下场比波波特还要悲惨一万倍！"

那些反政府武装士兵举起手中枪械，振臂高呼："阿月夫人！阿月夫

人！阿月夫人！"

阿月抬起一只手，那些士兵立即停止了呼喊。

阿月指着身旁的陆川说道："在这次剿灭叛贼的行动中，陆川功不可没，而且他的实力大家也是有目共睹。所以，现在我任命陆川为新一任的保卫军首领，想必大家应该没有意见吧？"

下面的士兵非常识趣地单膝跪地，高举枪械，对着陆川恭敬地叫喊："首领好！"

阿月蹲下身，从波波特的贴身衣兜里摸出一块巴掌大小的令牌。那块令牌金光闪闪，由纯金打造，上面雕刻着古老的纹饰。

阿月将这块令牌递给陆川："这是保卫军令牌，同时也是你身份的象征，请你贴身保管！"

"谢谢阿月夫人！"陆川恭敬地从阿月手里接过令牌。

阿月回身指着史金说道："这次我们能够成功揭穿波波特的阴谋，将波波特和他手下的叛贼一网打尽，史金功不可没。从现在开始，史金就是保卫军的副首领，协助陆川开展工作！"

"遵命！"史金抱拳谢过阿月夫人，"我一定不会辜负你的期望！"

第五章 上 位

虽然尖刀来得又快又急,但是陆川已经提前做好了警戒准备,所以轻轻侧过身子,轻而易举地避过了这一刀。同时他伸手在那个人影的后背上猛地一拍,那人立马惨叫着向前扑了出去,重重地摔在地上。

夜里，皓月当空。

陆川和史金面对面坐在波波特之前所住的小洋楼前的花园里，举杯邀月。桌子上放着几瓶啤酒，还有几碟小菜。

在可那城这片废墟之上，能喝到啤酒，真算是一种奢侈的享受了。

史金丢了一颗花生米在嘴里，回头看着身后的小洋楼，感慨地笑了笑，"住了半辈子茅草房，我做梦都没想过有一天也会住上这么高级的房子！我不是在做梦吧？哎！"史金接着重重地叹了口气，仰脖咕咚咚灌下半瓶啤酒，擦着嘴巴说道："要是我的家人还在世的话，也能住一住这样的房子就好了……"

说到这里，史金有些哽咽，眼眶里隐约泛起了泪花。

陆川仰望着漆黑的夜空，史金这番话让他想起了莫桑奶奶还有阿朵妹妹，她们在天堂里过得好吗？天堂里应该没有战争和痛苦吧？

"来！干一个！"陆川举起啤酒瓶，拍着史金的肩膀道："今天是个好日子，我们应该高兴才对！"

史金抹了眼角的泪花，举起酒瓶和陆川碰了碰，满怀豪情地说道："对！你说得没错！一切都会好起来的！只要我们消灭了反政府武装，这个国家的百姓就不会再遭受战乱之苦了！"

"嘘！你小点声！别忘了我们现在在哪里！"陆川说。

史金略有所悟地点点头。

陆川放下酒瓶，"这么长时间了，也不知道刺客小组的其他兄弟们怎么样了？"

史金道："不用担心，这些家伙都是打不死的'小强'，不会有事的，大家都等着你的指令呢！"

陆川点点头，"计划现在已经成功了一大半，明天我们就去波波特的办公室，看能不能找到一些关于战俘营的线索。我们现在要做的就是解救战俘，端掉可那城的反政府军基地！"

史金夹起一片肉，突然嘿嘿嘿地怪笑起来。

"你笑什么？"陆川好奇地问。

史金压低声音道："有件事情我一直很想问问你，到生死存亡的时候，你怎么处理和阿月那个女魔头的关系呢？"

陆川怔了怔，表情突然变得非常坚决，"这个你不用担心，等到刀刃相向的时候，我是不会对阿月手下留情的。这是大是大非的问题！"

第一滴血

临近午夜,陆川告别了史金,独自走在满是废墟的街道上。

当然,如果这还可以称作"街道"的话。

没有路灯,四周一片黑暗,偶尔能够看见燃烧的火堆。地面到处都是被炮弹炸出的坑洞,就像蜂巢一样。放眼望去,残垣断壁,裸露的钢筋上面站着乌鸦,它们扯着嗓子正沙哑地叫喊着。空气中弥漫着挥之不去的硝烟味和焦臭味。倒塌的高墙下、炸毁的房屋里还有很多没有清理出来的尸体。

罪恶日复一日地上演。

陆川双手插兜,影子与黑暗融合在一起。

他的脚步声在午夜的街道显得异常的孤独。

作为保卫军首领,陆川自然是有专车接送的。

不过,他已经提前支走了司机。

他只想一个人走一走。

是的,一个人走一走。

只有当一个人的时候,才会想起很多未曾忘却的回忆。

如果没有两年前那次任务的失败,现在的陆川应该还在军营里面,穿着帅气的特种军装;如果生活再顺利一点,他可能会有一个家庭,做他的坚实后盾……

遗憾的是,人生没有如果,时光也不可能重新来过。

现在的他,独自走在异国他乡的废墟中,体验着生命的无常。

不知什么时候,陆川发现身后隐约传来了脚步声。

陆川虽然喝了点小酒,但是这丝毫没有影响到他敏锐的洞察力。

身后的脚步声有些凌乱,又有些急促,但很明显是冲着自己而来的。

陆川突然顿住脚步,猛地转过身去。

只见寒光一闪,一把尖刀划破空气,直奔他的胸口。

虽然尖刀来得又快又急,但是陆川已经提前做好了警戒准备,所以轻轻侧过身子,轻而易举地避过了这一刀。同时他伸手在那条人影的后背上猛地一拍,那人立马惨叫着向前扑了出去,重重地摔在地上。

那人挣扎着从地上爬起来,和陆川怒目相向。

令陆川感到有些意外的是,这个人蓬头垢面、衣衫褴褛,看上去像是个难民。

他咧着嘴角，露出黄澄澄的牙齿，鼻孔里呼哧呼哧地喘着粗气。

"你是什么人？我认识你吗？"陆川问。

那人啐了口唾沫，用刀指着陆川大骂："你不用认识我，像你这种败类，人人得而诛之！"

陆川皱起眉头，"你是不是认错人了？"

"认错人？！哈哈！"那人冷冷笑道："你是女魔头身边的大红人吧，现在可那城谁不认识你？哼！也许别人怕你，但我不会怕你！就是因为你们这些恶魔霸占了我们的家园，我们才沦落到这步田地。我的家没了，我的家人也没了，我现在活着就是为了找你们这些狗杂碎报仇！兄弟们，出来！"那人把手指放在嘴里，吹了一个响亮的口哨。

只听一阵嘈杂的脚步声响起，四周的废墟里冒出了十几条人影。

看得出来，这些人都是难民，一个个衣衫褴褛，有的人脸上还带着血渍。

他们的手里提着各种各样的家伙，有的提着榔头，有的提着板斧，还有的提着削尖的钢筋……每个人的脸上都布满杀气，朝着陆川缓缓围拢上来。

"我们的亲人都被你们这些恶魔夺走了性命，我们要杀光你们这些混蛋！"一个手持尖刀的人走在最前面。

"杀了他！杀了他！"

其他人纷纷举起家伙，义愤填膺地怒吼着，恨不得冲上去把陆川大卸八块。

情势紧迫，陆川的右手下意识地摸向了腰间，那里别着一把威力巨大的"沙漠之鹰"。他的衣兜里还有两个弹匣，有足够的弹药可以摆平这里所有人。

但是，看见他们悲怆的面容和瞪红的双眼，陆川迟迟下不了手。终于，他的手指缓缓放开了那把"沙漠之鹰"。他不想伤害他们，因为他们只是普通的百姓。他们现在不会理解自己的所作所为，在他们眼中，自己就是一个该被千刀万剐的混蛋！

陆川有足够的信心，只用一双拳头，在不伤害他们性命的情况下，摆脱他们。

就在这个时候，远处突然射来两束刺目的灯光，一辆黑色悍马车的轮廓逐渐显现。

陆川心中一凛，冲那些难民大声叫喊道："走啊！快走！再不走你们会没命的！"

遗憾的是，这些难民对陆川善意的警告充耳不闻。

很快，悍马车来到面前。

四扇车门同时打开，四名穿着迷彩军装的保卫军士兵从车上跳了下来，每个人的手里都端着一把AK-47突击步枪。黑洞洞的枪口就像毒蛇的嘴巴，恶狠狠地盯着不远处的那些难民。

"NO！NO！"陆川大声叫喊着，却无法阻止悲剧的发生。

哒哒哒！哒哒哒！

四条毒蛇同时吐出了猩红的信子。

无情的子弹狂风暴雨般倾泻而出，那些难民一个接一个惨叫着倒了下去。

不过眨眼的工夫，除了陆川，那些难民全部倒在了血泊中。

血雾在夜风中轻轻飘散，空气中弥漫着浓浓的死亡气息，陆川的心中一片冰凉。

四名士兵发出胜利的呐喊，甚至还得意地吹起了口哨。

保卫军士兵冲陆川恭敬地说道："队长，请上车！"

陆川默然看了一眼倒地的尸体，强压着心中的愤怒走了过去，一言不发地坐进悍马车。

阿月夹着香烟，翘着腿，身姿优雅地坐在车厢里面。

陆川行了个礼，"阿月夫人！"

车子启动，往阿月的住所驶去。

"为什么一个人走回来？"阿月吐着烟圈问。

陆川说："喝了点酒，想一个人走一走，吹吹风。"

"呵呵！"阿月轻声笑了笑："吹吹风？在这座废墟里面，你吹哪门子风呢？你不知道这外面有多危险吗？"

陆川叹了口气："谢谢夫人关心，幸亏你及时赶到，才让我躲过一劫！"

阿月道："笑话！区区十几个难民，能够打倒我的保卫军首领吗？怎么？枪里没有子弹？"

为了不让阿月有所怀疑，陆川露出一个自信的笑容，"不是，我只是觉得对付一群蝼蚁，用不着浪费子弹。我正准备活动活动筋骨，和他们徒手大干一场呢！"

一整夜，陆川心潮起伏，他闭上眼睛，脑海中便浮现出难民被子弹击中的画面，画面中的子弹在不停地穿梭其间。

翌日清晨，陆川早早便从睡梦中惊醒。

他甩了甩昏胀的脑袋，然后咬咬牙，起身披上外衣。简单洗漱之后，陆川下楼跳上一辆悍马车，一路朝着市中心的警察局总部驶去。自从可那城沦陷之后，警察局总部就沦为了保卫军的指挥中心。

外面虽然乱成一团糟，但是警察局长办公室却被波波特布置得很好，各种高档摆设让这里看上去很有品位。

陆川打开波波特的电脑，电脑设置了指令密码。

陆川见状并未着急，反而冲上一杯速溶咖啡，悠闲地在电脑面前坐了下来。

热气缭绕，笼罩着陆川的脸。

等到一杯咖啡快要见底的时候，两名保卫军士兵走进了办公室。

其中一名士兵是保卫军副首领史金，另一名士兵竟然是刺客小组里面的超级黑客GP！

原来史金让GP穿上了保卫军的服装，顺利将他带进了办公室。

陆川冲GP微微一笑，"怎么样？最近过得好吗？"

GP嘿嘿笑了笑："相比队长而言，我们在外面漂泊的日子可谓是苦不堪言啊！"

陆川起身关上房门，"电脑交给你了，看看波波特那狗杂碎的电脑里面都藏着什么秘密吧！"

"这个简单！"GP自信满满地坐了下来，十指如飞，在键盘上面噼里啪啦一阵敲打。

仅仅用了两三分钟的时间，GP猛地一敲回车键，说道："搞定！"

令陆川等人没有想到的是，当电脑屏幕亮起的时候，电脑桌面上竟然出现了一张阿月的照片。照片上的阿月站在沙滩上，穿着军绿色花纹比基尼，戴着一副墨镜，手中拎着一把AK-47突击步枪，长发随着海风翻飞。

陆川托着下巴道："看来这个波波特确实有够迷恋阿月的！"说到这里，陆川使劲敲了一下GP的脑袋，"你这个笨蛋，不要一直盯着照片看，赶紧找找电脑里面有什么秘密文件！"

GP轻松地闯入波波特的文件系统，当他打开电脑里面的隐藏文件时，陆川等人全都惊呆了。

在波波特的电脑里面，至少保存着上千张照片，而这些照片的主角，无一例外全是阿月。从这些照片的拍摄角度来看，百分之八十的照片都属于偷拍。

不难看出，波波特对阿月的痴迷，已经到了走火入魔的程度。

GP说："从心理学上讲，波波特这种人属于偷窥癖。"

陆川道："小子，你能不能找点其他有用的东西出来，别老是研究女人的照片好不好！"

GP笑着道："OK！OK！别着急嘛！"

功夫不负有心人。经过对波波特文件系统的全面搜索，陆川他们在电脑中发现了一个非常有价值的文档。文档里面保存着一张秘密地图，地图上详细标注了整座可那城的地下防御要塞，并且用特殊记号标注了战俘营的位置。

在可那城里，反政府武装共设置了两个战俘营：一号战俘营，陆川曾经去过，在一座大学校园的地下；二号战俘营则位于城中心的一座商厦下面。这两个防御要塞规模都很大，是用来关押战俘的好地方。

陆川说："我曾经跟随阿月去过一号战俘营，发现反政府武装和叛军正在进行一项恐怖的生化实验，那些战俘就是他们做实验所用的'小白鼠'，他们管这项计划的实验品叫作'地狱战士'！"

"'地狱战士'?!"史金皱起眉头道："这名字好邪恶呀！"

陆川说："我亲眼看见两个被击毙的战俘，在吸入生化毒雾之后，竟然'复活'了！他们就像没有知觉的机器人，任由子弹打在身上都不会倒下，只有摧毁他们的神经中枢才能让其彻底死亡！"

GP一脸讶然，"天呐！如此可怕的实验，真是闻所未闻！"

陆川说："所以我们必须抓紧时间，赶在敌人计划成熟之前，救出那些战俘，并借用战俘们的力量，推翻反政府武装政权，彻底解放可那城！"

史金和GP点点头，"队长，你有什么计划吗？"

陆川沉吟了一会儿，"我现在的身份是保卫军首领，要想进入战俘营应该不难，史金现在是副首领，他跟着我进去没有问题。"

史金道："我们先选择哪个战俘营下手？"

陆川说："我曾去过一号战俘营，相对来说要熟悉一点，我们就去一号战俘营吧！"

"什么时候行动？"史金问。

陆川说："事不宜迟，就定在今晚！"

"那其他人呢？"GP问。

陆川说："今晚七点，我会和史金进入一号战俘营，解救战俘。GP，你的任务是赶在日落之前，把消息传递给刺客小组的其他队员，让大家按照约定时间在一号战俘营所在的大学门口碰头。今晚，必将是一个不眠之夜，让兄弟们做好准备！"

第六章　燃烧吧！战火！

在一连串看似慌慌张张的躲闪逃跑之后，巴比跟随着陆川的脚步，在不知不觉中端着重机枪背过了身。如此一来，巴比身后空门大露，给躲在不远处的史金留下了绝佳的攻击机会。

第六章 燃烧吧！战火！

日近黄昏。

一辆黑色悍马车缓缓驶入一所大学校园，扬起漫天落叶。

夕阳下面，悍马车散发着野兽般的气息。

"紧张吗？"陆川问。

史金深吸一口气，"说不紧张是骗人的！"

陆川的眼神坚定而执着，伸手拍了拍史金的肩膀，"我们历经千辛万苦，终于等到这一天！"

陆川的掌心里仿佛传来一种力量，史金点点头，"明白！"

"走吧！"两人推开车门走下车，陆川和史金各自将一把银白色"沙漠之鹰"手枪别在腰后。

两名身穿军装的士兵迎了上来，持枪拦住了他们的去路。

陆川没有说话，满脸冷酷地从衣兜里掏出了那个金光闪闪的保卫军令牌。

两名士兵赶紧惶恐地退开，给陆川行了一个庄严的军礼，道："长官，请！"

陆川背着双手，来到战俘营门口。

一名士兵快步跑过来，在厚重的防爆门上输入了一个六位密码。

这一次，陆川特意留心观察，暗自在心里记下了这串密码。

防爆门开启，陆川带着史金走进战俘营。

两人通过一条长长的石阶来到地下的防御要塞里面。

陆川低声对史金说道："要塞里面的通道就像蛛网般纵横交错，记住我们走过的地方，待会儿可不要迷失了方向！"

地下要塞里挂着一串串高亮汽灯，把这里衬托得更加阴森凄冷。这里的戒备非常森严，荷枪实弹的士兵五步一岗、十步一哨，二十四小时不间断地巡逻。不时有巡逻的士兵经过陆川他们身旁，并纷纷行礼："长官好！"

两人来到关押战俘的牢房区，陆川和史金对望了一眼："行动开始！"

陆川亮出保卫军令牌，对守卫的叛军士兵说道："我来提押几个战俘。"

负责守卫的士兵道："请你出示手续！"

史金粗暴地骂道："混蛋！你真是瞎了狗眼！居然敢用这种口吻跟保

卫军首领说话?"

士兵有些惧怕地看了史金一眼:"我也只是按照程序办事。"

陆川冷冷道:"怎么?你的意思是不相信我?"

"不!不是!"士兵唯唯诺诺地低下脑袋。

史金恐吓道:"你要是不想掉脑袋的话,就赶紧开门吧,惹怒了阿月夫人身边的大红人,你知道自己会有怎样的下场吗?"

史金把"阿月夫人"的名号一抬出来,负责守卫的士兵立刻就像霜打的茄子——吓焉了,要是陆川回去在阿月面前告他们一状,他们可是吃不了兜着走。

"长官,对不起!对不起!"负责守卫的士兵赶紧开启了牢房大门。

现在,才算进入了真正的牢房区。

放眼望去,两边是一排排的狭小牢房,像蜂巢一样,密密麻麻的,里面关满了战俘。

看见有人到来,不少战俘冲到牢房门口,拍打着粗粗的铁条,嘶声大骂:"畜生!放我们出去!放我们出去!我要打爆你的脑袋!"

战俘们疯狂地叫喊着,一个个瞪红了双眼,模样非常骇人。

"滚开!"两名叛军士兵护在陆川左右两侧,手持高压电棍,在牢房的铁条上面猛地一戳。强烈的电流闪烁出噼里啪啦的火花,电得那些战俘哇哇怪叫,不少人被弹飞在地上。

陆川突然停下脚步,指着其中一间牢房的三个战俘,"就这三个蠢蛋吧,他们叫嚣得最厉害!"

两名叛军士兵点点头,掏出钥匙,打开铁门。

一名叛军士兵率先冲进去,挥舞着电棍,毫不留情地戳在一个战俘的身上。

那个战俘惨叫着倒在地上,两眼翻白,不停地抽搐着。

另外一名叛军士兵也跟着走了进去,两人嘿嘿狞笑着,朝退缩到角落里的两个战俘走了过去,"你们刚刚不是叫得挺厉害吗?叫呀!继续叫呀!"

滋滋!滋滋!

高压电棍上闪烁着冰冷色的强力电流,流动的电流声令人胆颤。

就在两名叛军士兵抡起高压电棍的时候,陆川和史金突然悄无声息地出现在了他们身后。

陆川闪电般伸手，猛地捂住了一名士兵的嘴巴。不等那名士兵回过神来，陆川手中使力，只听啪地一声脆响，那名士兵的颈骨被生生折断，缓缓倒了下去。

几乎是在同一时刻，史金也用同样的方式干掉了另外一名叛军士兵。

战俘们惊讶地瞪大眼睛，"你们是什么人？"

陆川蹲下身来，从倒下的叛军的裤兜里掏出两大串牢房的钥匙，抛给还在愣神的战俘们，"我们是来救你们的，快去把其他兄弟放出来，我们一起冲出去！"

战俘的脸上闪过一丝惊喜之色，他们道了声谢，旋风般冲出牢房，将其他牢房的铁门一扇接一扇地打了开。

战俘们群情激奋，振臂欢呼，把那些铁条拍打的嘭嘭响，"嗨！兄弟，快来这边，放我们出去！"

"冲出去！杀了那些混蛋！"有人带头高呼。

"冲啊！杀了他们！解放可那！"战俘们呼声震天。

一拨又一拨的战俘被释放出来，他们就像出笼的猛兽，潮水般冲出牢房区。这里关押的战俘足有两百人之多，这些战俘受尽了屈辱和虐待，每个人的心里都憋满了怨气，他们杀气腾腾，誓要在这地下要塞里面掀起一场腥风血雨。

"噢，不！不——"

突如其来的变故令牢房区外面的那些守卫始料不及。他们还来不及做出防备反应，就被潮水般冲上来的人群淹没了。

有的战俘夺下了叛军手中的枪支，端着突击步枪冲在最前面。

陆川和史金混杂在人群中，一起往外跑。

呜——呜——呜——

地下要塞里面响起了刺耳的警报声。

高音喇叭里面传来敌人惶恐焦灼的声音："牢房区发生暴乱！牢房区发生暴乱！请所有卫兵前往牢房区支援！请所有卫兵前往牢房区支援！"

四面八方响起嘈杂的脚步声，不断有卫兵赶了过来。

那些闻讯赶来的卫兵和战俘们碰撞在一起，瞬间爆发了激烈的冲突，场面极其混乱。

哒哒哒！哒哒哒！

卫兵们依仗着手中的武器，对着那些战俘们连连开枪射击。

此时此刻，这里已经没有人性和尊严，只有生存或者死亡。

枪火闪烁，激烈的枪声在要塞里面来回激荡，格外的震耳欲聋。

一时间血肉横飞，哀嚎连连，不断有战俘中枪倒地。

不过这些战俘真的是拼了，他们都清楚地知道，这是唯一可以离开的机会。他们的眼中只有怒火，万众一心，同仇敌忾。前面的兄弟倒了下去，后面的人群紧跟而上，面对敌人的枪口，他们竟然没有丝毫的退缩。

面对这些战俘不要命的凶猛气势，那些卫兵都惊呆了。有的卫兵甚至忘记了更换弹匣，就那样端着突击步枪傻傻地愣在那里，然后被愤怒的人群碾过。

由于事发突然，前来增援的卫兵未能及时形成防守规模，守住了东面，又丢了西面；挡住了南面的人群，北面却又被冲破了一个缺口。总之乱成了一锅粥，到最后只能各自为营。

在疯狂的冲击之后，战俘们抢夺了不少武器弹药。有了武器在手，战俘这边的士气更是燃烧到了极致，他们端着突击步枪和敌人对射，闪耀的火线在要塞里面来回穿梭，不断有人中枪倒地。

"你们跟我来！"陆川和史金带上十多个持有武器的战俘，径直杀向一号战俘营的实验室。

"穿上生化服！"陆川来过这里，知道实验室是个非常危险的地方。

换上生化服，戴上氧气面罩，陆川拉了拉枪栓，率先冲进了实验室。

砰！砰！

陆川抬枪两发点射，两名刚刚冲出来的士兵瞬间被陆川爆头。

"上！"史金大手一挥，带领着十多名战俘鱼贯而出，在实验室里和敌人的卫兵展开了激烈交火。

哒哒哒！哒哒哒！

激烈的枪声夹杂着乒乒乓乓的爆裂破碎声。

许多放在桌子上的玻璃器皿都被子弹击爆，破裂的碎片四散飞溅，偌大的实验室里一片狼藉。

一轮迅猛的短兵相接，双方各有数人倒了下去。

"小心！"史金惊呼一声，举枪对准了陆川身后。

砰！

一颗子弹贴着陆川的脸颊飞了过去，准确命中后面一名准备偷袭陆川的卫兵的脑袋。

砰！砰！砰！

"沙漠之鹰"愤怒地吼叫着，枪火在他们的脸上闪烁，映照着异常冷酷的面容。每一颗子弹射出，必有一名敌人倒下去。

两人高度默契地相互配合着，一路并肩杀敌，闯入了实验室总部核心。

陆川对紧跟在身后的战俘们做了个散开的手势，那些战俘会意，三三两两地组成战斗小组，在实验室里检查战场。

陆川和史金背靠背站在实验室中央，密切注视着四周，眼睛一眨也不眨。

唰！

陆川退出弹匣，重新填装了一个，然后咔咔推了推枪膛，压低声音道："那个巴比将军还没有见到，他应该还在这里！"

陆川话音刚落，只听突突突的狂暴枪声骤然响起。这枪声充斥着整间实验室，犹如野兽的怒吼，足以把实验室里的所有生命撕成碎片。枪火迸溅，子弹横飞，空气中弥漫着滚滚硝烟，偌大的实验室瞬间被夷为了平地。

不知道过了多久，枪声终于停歇下来。

死寂过后，一阵咯咯咯的狰狞笑声随之传来。

陆川听出来，这声音正是来自那个光头巴比将军。

巴比还是穿着那身军装，胸口上挂满了勋章。他脸上的那条疤痕红得夺目，丑陋异常。

巴比将军的手中端着一挺黑色重机枪。这是一款 MG3 式重机枪，枪身外形冷酷，如同一头蓄势待发的野兽。它所装备的弹药和普通弹药有所不同，比普通弹药弹头更尖，杀伤力更大，每一颗子弹都像一个小小的炸药，能够轻易地把目标打成碎片。

按常理来讲，重机枪都是装备在飞机或者装甲车上，即使是在陆地上使用，也会用一个三角支架托住枪身。因为重机枪本身非常沉重，而且需要的弹药量巨大，再加上强悍的后坐力，通常很难掌控。

但令人惊叹的是，这个巴比将军竟然将这把 MG3 式重机枪端在手中，当成突击步枪一样使用。年岁不小竟然还有如此强悍的战斗力，不得不叫人佩服。

不仅如此，巴比的肩膀上还背着一条金光灿灿的子弹带，足足有数百颗尖头子弹，就像一条黄金巨蟒，缠绕在他的胸前。不说别的，就是这条沉重的子弹带，普通人根本连搬都搬不动，更别说扛在肩上，况且手中还端着重机枪。

"哈哈哈！滚出来！都给我滚出来！"巴比狷獗地笑着，脸上的横肉一抖一抖。

"滚蛋！你这个叛徒，去死吧！"两名战俘怒吼着站了起来，他们对这个巴比将军恨之入骨。要不是巴比在关键时刻背叛了政府军，可那城也不会沦为现在这般模样。

"蹲下！"陆川出言想要制止那两名战俘的鲁莽行为，但是已经来不及了。

突突突！突突突！

重机枪的怒吼声疯狂响起，火光映照着巴比的面容，更显得无比的邪恶和狰狞。

那两名战俘还没来得及扣动扳机，就被飞射而来的尖头子弹撕成了碎片。

重机枪的枪口冒出袅袅白烟，巴比的声音再次响起："陆川，出来吧，我知道你在这里！阿月那个蠢女人对你一往情深，你为什么要这样做？你到底是为谁卖命的？"

陆川没有说话，他躲在一个立柜后面，对不远处的史金打了一个手语。

史金点点头，轻轻拍了拍手中的"沙漠之鹰"。

两人是感情至深的生死兄弟，只需要一个眼神的交流，就可以明白对方的意图。

陆川给史金传递的意思是："我去吸引他的注意力，你伺机干掉他！"

陆川拉了拉枪栓，深吸一口气，从立柜后面贴地滚了出去，"嘿！巴比，你这个蠢货，我在这里！"

巴比的眼睛里瞬间迸射出两道凶光，"去死吧！"随即扣动扳机，一颗又一颗的子弹带着火焰状的尾巴飞射而出。

枪声大作，巴比端着重机枪咆哮道："老子要把你轰成肉酱！"

陆川腾挪跳跃，利用敏捷的身手，在实验室里飞快地躲闪着。那些尖头子弹就像跗骨之蛆，紧紧跟在他的身后。他不敢有半分的迟滞或停留，否则就有被子弹击中的危险。

巴比怒火攻心，他苦心建立的这座生化实验室，如今却被陆川毁于一旦，曾经的野心和梦想统统化为泡影。只有把陆川挫骨扬灰，他才能一解心头之恨。

陆川的出现让巴比杀红了眼睛。而巴比有所不知，他在愤怒的火焰中，已经不知不觉落入了陆川设下的圈套。

在一连串看似慌慌张张的躲闪逃跑之后，巴比跟随着陆川的脚步，在不知不觉中端着重机枪背过了身。如此一来，巴比身后空门大开，给躲在不远处的史金留下了绝佳的攻击机会。

就是现在！

史金噌地站了起来，右臂平举，对着巴比扣动了扳机。

砰！

枪口喷出一团火焰，一颗金灿灿的子弹脱膛而出，准确无误地没入了巴比的后脑勺。巴比的表情顿时凝固了，他微张着嘴巴，保持着一副狰狞的样子，魁梧的身躯狠狠晃动了两下，仰天倒了下去。

陆川冲史金竖起大拇指。两人收起手枪，来到巴比面前。

巴比的喉头艰难地蠕动了两下，用微弱的声音说出了他人生中最后一句话："下辈子我再也不跟女人合作了！"之后，他的声音戛然而止。

史金冲陆川扬了扬下巴，"走吧，队长，我们离开这里！"

"等等！"陆川说，"我必须把这里烧了，以免生化病毒传播出去！"

两人在角落里找到几个装满汽油的大油桶，打开油桶，把汽油四处泼洒在地上。在退出实验室的时候，陆川点了一把火。火势沿着地上的汽油迅速蔓延，实验室很快就变成了一片火海。

在战俘们的疯狂冲击之下，那些叛军卫兵再也抵挡不住了，他们纷纷溃败逃跑，一号战俘营彻底沦陷。

经过短暂而激烈的拼杀，至少有近一半的战俘逃出了战俘营。他们瞪红了双眼，把心中所有的怨气和怒火统统爆发出来，他们就像奔跑的野兽，冲上大街，和那些前来支援的叛军部队展开了激烈的巷战。

战俘营的暴乱让废墟中绝望挣扎的人们也跟着站了起来，无数的群众百姓从城市的各个角落冲了出来，他们手持砖块、铁棒加入战团，为了生存和尊严而战斗。

愤怒的火焰在城市里迅速蔓延燃烧，以极快的速度席卷了整座可那城。

百姓的力量是巨大的，面对潮水般冲上大街的难民，那些全副武装的叛军士兵和反政府武装抵挡不住了。疯狂的枪火再也无法阻止一波接一波的人浪，那些刽子手很快被淹没在汹涌人潮中。

沉寂的可那城终于爆发了，枪声、厮杀声、呐喊声在城市上空久久激荡。

在大学门口，刺客小组的其他队员早已等候在此，看见陆川的到来，他们齐刷刷地敬了一个军礼。

陆川下达着命令："史金，你现在带领兄弟们去二号战俘营，把里面的战俘全都救出来！"

"队长，那你呢？"史金问。

陆川说："我去找阿月，待会儿我会到二号战俘营的商厦去找你们！"

"你一个人去找阿月？太危险了，要不我跟你一块儿去吧？"史金说。

陆川说："不用了，我和阿月之间的事情，需要我自己去做个了断！"

"队长！给！"马修斯递给陆川一把 AK-47 突击步枪，这是他在路上的时候抢来的。

陆川接过突击步枪，跳上悍马车，一路朝着阿月所在的皇家庄园飞驰而去。

第七章　毁灭计划

伴随着一声轻叱，阿月凌空旋转着，左腿斜劈向陆川的腰腹。陆川闷声呵气，沉下手臂准备隔挡的时候，阿月却突然变招，腰身猛地一扭，右腿划出一道半弧，横扫陆川的面门。

第一滴血

砰！

伴随着一声巨大的撞击声，皇家庄园的两扇大铁门被撞得飞了起来。一辆黑色的悍马车就像一头怒吼的野兽，径直从外面冲了进来。

雪亮的灯光就像两把刀子，划破了浓浓的黑暗。

陆川紧紧握着方向盘，脸上冷若冰霜。

站在门口的四名保卫军士兵冲了上来，试图拦下这辆疯狂的悍马。但是陆川丝毫没有减速，反而加大油门。悍马车喷出一尾黑烟，怒吼着撞向前方的四名卫兵。有两名卫兵躲闪不及，当时就被撞得弹飞出去。

"拦住他！拦住他！"卫兵们对着无线耳麦大声叫喊。

在这座皇家庄园里面，至少驻扎着数十名保卫军士兵。

数分钟之前，当可那城战俘营发生大暴乱的时候，皇家庄园的所有卫兵便进入了战斗戒备状态。所以当陆川闯入皇家庄园的时候，立即就有数十名荷枪实弹的卫兵冲了出来，他们端着突击步枪，对着那辆悍马车连连开枪射击。

只听一阵叮叮当当的声响，悍马车身上飞溅起一串串耀眼的火星。

阿月旗下的所有悍马车都安装了防弹装置，虽然卫兵拦截的火力很猛，但是并没有对这辆配置精良的悍马车造成太大的损伤。

陆川开着这辆悍马，就像开着一辆装甲车，一路所向披靡。

面对悍马车的疯狂冲击，十多名卫兵在前方组成了一道防守线。

陆川猛地一甩方向盘，只听咔的一声，车胎处飞溅起几尾黑烟，悍马车横停了下来，卧在草坪中央。

"开火！"

十多名卫兵齐刷刷地举起突击步枪，一时间枪声大作，耀眼的枪火撕裂了漆黑的苍穹，无数的火线呼啸着飞射而出，漫天激射的子弹就像倾盆落下的雨点，密密麻麻地打在悍马车上。

陆川冷静地坐在车厢里面，从座位下面抽出马修斯递给他的那把突击步枪，不紧不慢地填装着弹匣。

叮叮当当！叮叮当当！

无数的子弹就像倾巢而出的飞蝗，在悍马车侧面爆发出密集的火焰。

在子弹的疯狂摧击之下，沉重的悍马车竟然开始晃动起来。但是，高性能高配置的防弹悍马车经受住了枪林弹雨的考验。一轮疯狂的扫射之后，十多名卫兵同时更换弹匣，庄园陷入了短暂的死寂。

陆川扭了扭脖子，缓缓按下车窗，"现在该我了！"他端起突击步枪，将黑洞洞的枪口伸出窗外，然后扣动了扳机。

喷射的火焰就像毒蛇吞吐的猩红色信子，金灿灿的弹壳在车厢里弹来弹去。短短十秒钟的时间，上百发子弹瞬间飞射而出，将那十多名卫兵尽数放倒在地上。

枪口冒着袅袅青烟，空气中飘荡着浓厚的血腥味，死亡的气息笼罩着这座曾经璀璨的皇家庄园。

就在不久之前，阿月还在这里举办了生日宴会，当时人声鼎沸，热闹非凡。到如今，只有满地的尸体和触目惊心的血迹。

陆川默默地叹了口气，这样的场面是他不愿意见到的。

但是，这就是战争！残酷无情的战争！

陆川丢掉突击步枪，将那把"沙漠之鹰"别在腰后，大踏步走进了阿月所住的奢华古堡。

他贴着墙壁，拎着枪，小心谨慎地快步走上二楼。

古堡里空荡荡，一片死寂，令人发怵。

西面的那间办公室亮着灯，陆川轻轻拨开"沙漠之鹰"的保险栓，走了进去。

宽大豪华的房间里面只有一个人，那就是阿月。

此刻，阿月正坐在办公桌前，她左手夹着香烟，右手操纵着鼠标，两只眼睛凝视着电脑屏幕。只听见她对着电脑屏幕说道："启动'毁灭计划'！"

陆川举着枪缓缓走到阿月面前。

阿月抬起头，脸上依然挂着妖媚的笑容，"你终于来了！我还以为你不会来的！"

陆川冷冷说道："有些事情必须做个了断！"

阿月优雅地吐出一口烟雾，面对黑洞洞的枪口，她的脸上没有丝毫的慌张和惊惧，甚至连愤怒都看不出来，这份淡定从容连陆川都感到佩服。

阿月淡淡地问："今晚的暴乱是你策划发起的吧？"

"是！"陆川点点头。

阿月道："你为谁卖命？"

陆川说："为自己！"

"呵呵！"阿月轻轻笑了笑，姿态撩人地拂了一下长发。

今天的阿月穿上了一身黑色的紧身战斗服，勾勒出玲珑的身段，看上去就像一条绝色的美女蛇。

阿月说："陆川，从我第一次看见你的时候，就知道你不是一个普通人！"

陆川也笑了笑，"谢谢夸奖！"随即他的面容突然变得异常冷峻，"你刚刚说的'毁灭计划'是什么？"

阿月仿佛没有听见陆川的问话，自顾自地说道："一日夫妻百日恩，你真的舍得杀我吗？"

陆川的嘴角动了动，沉声道："我会的！告诉我，什么是'毁灭计划'！你刚才究竟下达了什么命令？"

阿月的脸颊狠狠地抽搐了一下，她的眼神突然变得无比黯然，"陆川，你真是令我伤心呀！"

陆川咬咬牙，"我必须杀死你，因为这是我肩负的任务！"

"任务？！呵呵！"阿月轻蔑地笑了笑，暗淡的眼神突然迸发出两道血红色的凶光，瞳孔里面是两簇跳跃滚动的火焰。

"我这辈子最恨的就是负心的男人！"阿月突然一声咆哮，手指一弹，手中的烟头旋转着射向陆川的眼睛。

阿月的攻击非常突然，而且距离很近。陆川虽然竭力躲闪，但眼角还是被烟头烫了一下，眼前一花，陷入短暂的失明状态。

阿月趁机揉身而上，一记手刀砍在陆川的手腕上，打掉了陆川手上的"沙漠之鹰"。接着她滑步前冲，一记凶狠的肘击撞在陆川的胸口上，将陆川打得连退三步。陆川用手捂着胸口，一阵气血翻涌之后，哇地吐出一口鲜血。

阿月以前是一名地下拳手，她的近身搏击术非常厉害。成为职业佣兵之后，她又在战场上学习了非常多的格斗技巧。所以她是一个极端危险的人物，她的战斗力非常强悍，本身就是一件犀利的杀人兵器。

陆川潜伏在阿月身边这么长时间，从没看见过阿月施展身手。没想到今日初次交手，陆川竟然完全被阿月压制在下风，甚至被她一招打得吐了血，即使是面对史金、机械师、波波特这些强悍对手的时候，陆川也没有如此"不堪一击"。

"怎么？你在让我？"阿月冷冷瞥了陆川一眼，"这可不像我以往见到的陆川呀！"

陆川擦了擦嘴角的血渍："哼，最富传奇的地下拳手，果然名不虚传！"

其实陆川能被阿月一击命中，有两个原因：第一个是因为阿月确实厉害，刚才那一击非常突然，打了陆川一个措手不及；第二个则是在他内心深处，多少对阿月存有一丝不忍。恰恰就是这块柔软的心结，让他对阿月放松了警惕，吃了一个沉重的暗亏。

阿月指着陆川冷冷说道："把你的真本事使出来吧，从现在开始，我与你恩断义绝，就算你不忍心杀死我，我也会杀死你的！"

阿月娇叱一声，人如轻燕般高高跃起，凌空闪电般伸脚踢向陆川的胸口。

阿月的身手非常了得，而且身法轻灵飘逸，她身在半空中，竟然一连向陆川踢出五六脚。

陆川不敢怠慢，全神贯注地投入战斗。

他使出曾在特种部队里面习得的擒龙手，只听嘭嘭嘭的撞击声响，陆川将阿月的进攻全部挡了回去。

不等阿月落地，陆川转守为攻，一招探龙手抓住阿月的脚踝，将她远远地抛落出去。

但是阿月凌空翻腾两圈，竟然稳稳地落在地上。接着阿月横腿一扫，将面前的茶几踢得飞了起来，然后嘭的一脚将茶几踹向陆川。

陆川原地腾身而起，虎腰拧动，凌空一脚后旋踢，将茶几飞踹回去。

阿月面色一变，急忙弯腰后仰，躲过了迎面飞来的茶几。而当她挺起腰身的时候，陆川已经杀至她面前。

阿月躲闪不及，被陆川一拳击中小腹。

小腹是人体中最脆弱的地方之一，阿月闷哼一声，捂着小腹连退好几步，腿弯一软，单膝跪在地上，呼哧呼哧地喘着粗气，一缕血水顺着她的嘴角溢出来。

"呀——"

阿月突然暴喝一声，愤怒地冲向陆川，拳脚并用，展开了一轮狂风骤雨般的反击。

阿月的拳法以灵动和快速著称，她的身形飘忽不定，时而出现在左侧轰出一拳，时而又出现在右侧飞起一脚。劲风激荡，人影翻飞，房间里不停地响起"嘭嘭嘭"的撞击声响,两人在房间里面腾挪跳跃,完全把这里当成了格斗场。

伴随着一声轻叱,阿月凌空旋转着,左腿斜劈向陆川的腰腹。陆川闷声呵气,沉下手臂准备隔挡的时候,阿月却突然变招,腰身猛地一扭,右腿划出一道半弧,横扫陆川的面门。她的变招非常迅速,右腿紧跟着左腿划出,这是阿月自创的一招,非常厉害,名叫"流星追月",其劲势又快又狠。

陆川的脸颊被凌厉的腿风扫中,整个人腾空飞了起来,在翻滚两圈之后,重重地撞击在酒柜上。酒柜的玻璃爆裂开来,玻璃渣子散落了一地,柜子里的高档酒也无一幸免,房间里立马弥漫着浓浓的酒味。

阿月冷笑一声,不等陆川从地上爬起来,脚下生风,再次朝着陆川冲了过去,想要趁胜追击。

陆川斜眼瞥见地上的波斯地毯,眼睛一转,计上心来。

眼见阿月厉声叫喊着奔了过来,在距离陆川还有三米远的地方腾空起跳。就在此时,陆川突然抓着波斯地毯,猛地向后一扯,顺势贴地滚了开去。

阿月只觉脚下一滑,刚刚腾空的身体立刻失去平衡,仰面朝天重重地跌落在地上,摔了个结结实实。

阿月眼前金星飞舞,挣扎着想要从地上爬起来,那张波斯地毯从天而降,将她覆盖在其中。片刻之后,阿月被地毯包裹得严严实实,外面麻绳捆绑着,只露出一个脑袋。

阿月又气又急,美丽的脸上冷若冰霜,她咬牙大骂道:"陆川,放开我!你这个混蛋!你这个叛徒!我要杀了你!我要杀了你!"

陆川走到阿月面前,凝视着阿月道:"残暴的统治是不可能长久的,反社会、反人类的恐怖政权也必然会被正义摧毁。今夜,你在可那城建立的反政府武装政权将走向灭亡,可那城将会获得解放,人民也将会获得新生!"

"哈哈哈!哈哈哈!"阿月大笑了起来,笑声中充满了不屑,"陆川呀陆川,你实在是太天真了!你真的认为可那城能够解放吗?这里的人民真的能够获得新生吗?哈哈哈!"

笑声过后,阿月面色蓦地一寒,用一种极其阴冷的口吻说道:"告诉你,今夜的可那城将彻底沦为地狱之城,没有任何人能够幸存!没有任何人能够幸存！而这一切，都是拜你陆川所赐！"

陆川的心里不禁打了个冷战，"你这话是什么意思？"

阿月冷冷扬起嘴角，"你不是想知道什么是'毁灭计划'吗？现在我就告诉你！记得上次你在一号战俘营里面看见的'地狱战士'实验吗？你以为破坏了实验室，就能阻止生化T病毒的扩散吗？呵呵，其实一号战俘营只是实验室，而二号战俘营才是存放T病毒的秘密仓库。一旦可那城出现无法控制的混乱局面，我们就会启动'毁灭计划'——释放T病毒，毁灭整座城市！"

"疯子！"陆川脸上的肌肉突突地跳动着，心在疯狂地颤抖着。他亲眼见识过T病毒的可怕，而T病毒一旦扩散，可那城将会遭受灭顶之灾，无数的百姓将变成"地狱战士"那样的怪物。

"哈哈哈！"阿月说："陆川，你以为自己是救世主吗？其实不是，你是恶魔！你才是将广大百姓推向地狱的恶魔！哈哈哈！"

"住嘴！"陆川掉头冲向办公桌，电脑屏幕上面显示"毁灭计划"已经启动。

陆川疯狂地敲打着键盘，却始终无法终止命令。

"来不及了！来不及了！竖起耳朵，好好聆听这个美妙的爆炸声吧！"阿月话音刚落，就听远处传来猛烈的爆炸声响，如同滚滚闷雷。

轰隆隆！

电脑屏幕上闪烁着红光，上面显示"毁灭计划"已经成功执行。

"不！"陆川怒吼着冲向窗边，一把扯开窗帘。

放目远眺，只见一团耀眼的火球在市中心上空翻腾，漆黑的苍穹被映成了红色。浓浓的黑烟旋转着冲向天空，如同可怕的蘑菇云。爆炸产生的冲击波以二号战俘营所在的商厦为中心，犹如海浪般朝着四周翻涌奔腾，呈圆圈状往外迅速扩散，将四周的房屋尽数推倒，夷为平地。大地在怒吼，尘埃瓦砾在飞舞，可那城的末日已经来临。

即使远离爆炸中心，陆川也能感觉到脚下的土地在战栗，玻璃窗被震得哗啦作响。

陆川怔怔地看着远方烧红的天空，额头上青筋颤动，目光如赤，言语已无法表达此时此刻的心情。

阿月的脸上挂着胜利者的微笑，"陆川，现在感觉怎么样？有没有挫败感？有没有自责感呢？无数的'地狱战士'将会从二号战俘营里冲出来，毁灭吧，尽情地毁灭吧！哈哈哈！"

阿月的笑声格外刺耳，陆川瞪红眼睛来到阿月面前，咬着牙关，一字一顿地说道："你真是一个疯子！"

阿月用轻蔑的目光挑衅着陆川，"没错！我就是一个疯子！怎么？你此刻是不是很想杀我？来呀！杀了我吧！杀了我！"

陆川深吸一口气，紧攥的拳头慢慢松了开来。

"你为什么不动手？"阿月嘶声咆哮道。

陆川凝望着阿月的眼睛，缓缓说道："我承认我不忍心对你下手！我不会杀你！你待在这里，也许会被政府军捉住送上绞刑架，也许会被愤怒的百姓当场打死，也许会被你亲自培养出来的'地狱战士'咬死。所以，即使我不动手，你也不可能活过今晚！阿月夫人，再见！"

说完这番话，陆川转身拾起地上的"沙漠之鹰"，大踏步走出房间，砰地关上房门。

"回来！陆川，你这个混蛋！回来啊！混蛋——"

阿月的叫喊声隐隐从房间里飘荡出来，但是陆川没有回头。

第八章　废墟上的光明

陆川长叹一口气，经历过那么多的战斗，经历过那么多的生死考验，陆川从未有过现在这般绝望和无奈。他无力地靠坐在椅背上，面对潮水般扑上来的"地狱战士"，安然地等待死神的来临。

陆川走出庄园，飞身跳上悍马车，一路风驰电掣地往市中心的商厦赶去。

他的心被紧紧地拎了起来，脑海里混乱如麻。

此时此刻，他非常担心刺客小组的兄弟们。他们都在二号战俘营里展开救援，不知道刚才发生爆炸的时候，他们有没有成功逃离？如果未能逃离，他们是已经遇难了，还是变成了生不如死的"地狱战士"？陆川不敢再想下去。

此刻，商厦周围的景象令人无比震惊。

爆炸过后的街道就像蛛网一样裂开，不少房屋都已倒塌，无数的浓烟冲向苍穹，尘埃在风中飞舞，到处都是燃烧的火焰。

空气中弥漫着一股刺鼻的味道，应该是扩散出来的T病毒，如果仔细用肉眼观察，甚至能看见空气中飘荡着的绿色病毒雾气。

地上到处都是残骸，斑驳的血迹如同魔鬼的花朵，在街道的各个角落里静静地绽放，诉说着战争的罪恶。

最可怕的是大厦附近的街道，至少有上百名"地狱战士"在其中"游荡"。

他们步履蹒跚，如同没有意识的木偶。他们的脸颊惨灰，目光呆滞，不断张开嘴巴，发出野兽般的怒吼。

从他们身上所穿的衣服可以看出，这些人中的绝大多数是被关押在二号战俘营里面的政府军士兵，其中也混杂着一些叛军士兵和平民百姓。随着T病毒的扩散，"地狱战士"的队伍也将越来越庞大。

看着这些失去神智的人们，陆川的心不由得难过起来。

他的脸上第一次失去了自信，露出颓败之色。他的耳边回荡起阿月说的那番话："陆川，你以为自己是救世主吗？其实不是，你是恶魔！你才是将广大百姓推向地狱的恶魔！"

陆川痛苦地闭上眼睛，在心里不停地质问自己："难道我真的做错了吗？现在这悲惨的一切真的是我亲手造成的吗？"他心中充满了罪恶感。

砰！

突然耳边传来一声猛烈的撞击声响。

陆川蓦地一惊，一下子从失神状态中清醒过来，睁开眼睛。只见主驾驶的车窗上面涂满鲜血，一个"地狱战士"站在车外嚎叫着，不断地用自己的脑袋撞向汽车玻璃。在那名"地狱战士"的疯狂撞击之下，防弹车窗竟然出现了蛛网状的裂痕。

砰！

车窗爆裂，"地狱战士"的脑袋钻进车厢。陆川见状，一把抓起放在身旁的"沙漠之鹰"，迅速扣下了扳机。

就在这名"地狱战士"倒下的同时，越来越多的"地狱战士"围拢上来。悍马车在数十名"地狱战士"的围攻之下，车身开始剧烈地摇晃起来。

虽然陆川隔着车窗连连开枪射击，但也无法阻止不断涌动的人潮。在连续击毙十几名"地狱战士"之后，枪膛里传来空壳声。陆川的冷汗涔涔落下，他摸了摸空荡荡的衣兜，已经没有弹药了。

一向沉着冷静的陆川，此时也忍不住变了脸色。

这T病毒实在是太可怕了，它竟然能使人变得如此疯狂！

此时此刻，陆川已经陷入了绝境。

放眼望去，重重叠叠都是晃动的人影，越来越多的"地狱战士"涌了过来，场面既震撼又恐怖。

陆川长叹一口气，经历过那么多的战斗，那么多的生死考验，从未有过现在这般绝望和无奈。他无力地靠坐在椅背上，面对潮水般扑上来的"地狱战士"，安然地等待死神的来临。

哒哒哒！哒哒哒！

四周突然响起了激烈的枪声。

一梭子弹飞射而来，将趴在挡风玻璃上面的"地狱战士"打得弹了起来。

陆川睁大眼睛，只见在熊熊火光的照耀下，几道人影端着突击步枪，正朝着他快步奔来。冲在最前面的两道人影高大威猛，正是史金和马修斯。紧跟在他们身后的还有刺客小组的其他队员，尤其是唯一的女队员樱子。她身着一袭红衣，犹如一团火焰在人潮中滚动，格外抢眼。

陆川脸上一喜，止不住激动，"苍天保佑，兄弟们都还活着！"

马修斯飞身跃上悍马车的引擎盖，急切地呼唤道："队长！队长！你在里面吗？"

"我还没死呢！"陆川说。

"谢天谢地！"马修斯蹲下身来，伸臂将陆川从车窗下面拉了出来。

两只手紧紧地握在一起，没有多余的语言。两人傲然昂首站立在车头上面，眺望四周，至少有数百名"地狱战士"在向这边移动。

不远处的樱子不知从哪里找来一把斩骨刀，寒冷的刀锋陪衬着火红色的外衣，显得她威风凛凛，英气逼人。沐浴着漫天飞舞的血雨，樱子的长发在夜风中翻飞，火红色的衣衫猎猎作响，令她看上去有一种惊心动魄的诡异之美。

来到近前，樱子抬头对陆川说道："队长，我们该走了！"

陆川点点头，沉喝一声，从车上跳了下来。

马修斯紧随其后，跟史金一左一右地贴在陆川身边，掩护陆川突围。

樱子右手斜拖着斩骨刀在前面开道，刀锋划过地面，发出滋滋声响，摩擦出耀眼的火花。

"刚才二号战俘营发生了爆炸，你们没事吧？"陆川问。

马修斯抹了一把脸上的血迹，"没事！我们在隔壁一条街碰上了一支叛军武装，和他们干了一仗。所以二号战俘营爆炸时，我们还没有赶过去，也因此躲过一劫！"

陆川叹了口气，"你们没事就好！只是牺牲了里面的那些战俘，估计是一个也未能逃出来！对了，其他兄弟呢？怎么只有你们三个人？"

马修斯说："我们在和叛军激战时全部打散了！"

这个时候，走在最前面的樱子突然停住脚步。

史金问："怎么了？"

樱子抿着嘴唇道："前面的街口已经被堵死了！"

"什么?!"众人猛地一惊，放眼望去，只见前面街口至少有上百名"地狱战士"把街口围堵得水泄不通。

"往回走！"马修斯说。

众人回头跑出十多米，也无奈地停下脚步。刚才那批"地狱战士"已经追了上来，把退路也封了个严严实实。

史金擦着额上的冷汗道："现在怎么办？"

陆川飞快地环顾四周，伸手指着不远处的商厦道："没有办法了，我们暂时到大厦里面躲一躲！"

众人点点头，飞快地朝着商厦跑了过去。

"快！快！上二楼！"陆川命令着。

刚刚跑上二楼拐角，马修斯暴喝一声，猛地推倒了一堵布满裂缝的破墙。墙倒塌下去，正好把楼梯的通道全部堵死，使得楼下的那些"地狱战士"暂时没有办法冲上来。

经过一番激烈的拼杀,众人消耗了大量的精力,现在终于可以缓一缓。他们各自靠着墙壁,弯着腰,呼哧呼哧地喘着粗气,豆大的汗珠滚滚滴落。

"大家没事吧?"陆川问。

樱子甩了甩长发,擦着鼻尖的汗珠道:"没事!"

"你们快过来看呀!"史金站在二楼的窗台边上惊呼连连。

陆川他们快步走过去,探出脑袋往下一看,然后不约而同地失声惊呼起来。

此时此刻,商厦外面的街道上,已经被蜂拥而至的"地狱战士"堵满了。在这些"地狱战士"里面,平民百姓的数量有了明显的上升,看来刚才的那场大爆炸影响甚广,许多无辜的百姓都成了T病毒的牺牲品。

马修斯抬起头望了望夜空中经久不散的绿色毒雾,担忧地说:"不知道我们会不会也变成这副模样!"

史金说:"我要是变成了这副模样,请你务必开枪杀了我,我才不想成为这种人不像人鬼不像鬼的样子!"

陆川眺望着黑压压的人潮,心中久久不能平静。

马修斯一连喊了三声"队长",陆川这才缓缓回过神来。

"队长,你没事吧?"马修斯觉察出陆川的异样。

陆川长长地叹了口气,眉头紧锁:"我在想,可那城变成现在这样的人间炼狱,我是不是有着不可推卸的责任!如果不是我们发动暴乱,阿月也不会启动'毁灭计划',T病毒也就不会扩散,以至于让这么多无辜百姓受害!"

马修斯安慰说道:"队长,你不用自责!有些事情注定要发生的,谁也改变不了。如果我们不发动暴乱,反政府武装的生化实验也不会停止,将会有源源不断的战俘甚至是百姓被送进实验室,变成"地狱战士",那种情况将比现在的情况还要糟糕一百倍!不管怎么样,虽然这次的暴乱行动有些不尽如人意,发生了我们不愿看见的悲惨景象,但是从长远的角度来看,我还是坚持认为这次的行动是有价值、有意义的!"

史金点头说道:"同意!长痛不如短痛,我们要是不采取行动的话,将会有更多的人受害!到那时候……"

史金还没说完,一条黑影突然从后面扑上来,将史金扑倒在地上。

众人猛然一惊，只见一名"地狱战士"压在史金身上，张开嘴巴，怪叫着咬向史金的脖子。

在这千钧一发之际，幸好樱子眼疾手快，斩骨刀划出一道半弧形的寒光，贴着史金的脖子划了过去，嚓地劈飞了那名"地狱战士"的脑袋。

突如其来的变故让史金受惊不小，一张脸都吓白了。

众人惊讶地发现，不知什么时候，楼梯口已经被打通了，十多名"地狱战士"爬上二楼，正缓慢朝着他们走过来。

马修斯暗骂一声，问史金道："还有子弹吗？"

史金摇摇头，掉转突击步枪，"我只能拿枪托当武器了！"

马修斯拔出军刀看了看，经过之前的激烈厮杀，锋利的刀刃早已翻了卷，变成了一把钝刀。马修斯苦笑道："我的武器比你的更差劲！"

樱子举起斩骨刀，只见刀身上面已经布满了裂痕，锯齿刀锋也有了缺口。她摇头叹息道："我的这把刀也坚持不了多久了！"

众人望向陆川，陆川两手空空，什么武器都没有。他看了看周围的地面，从地上随手拾起一根螺纹钢条，拿在手里掂了掂，"看来我只能用这个当作武器了！"

一番短暂的搏斗之后，四人一个个累得汗流浃背、气喘吁吁，腿肚子就跟钻筋似地颤抖着。四个人的武器都损毁了，他们背靠背紧挨在一起，每个人都是赤手空拳，面对继续围拢上来的"地狱战士"，他们变得束手无策。

马修斯的脸上流露出决绝的神色，他紧握着拳头怒吼道："来呀！你们这些混蛋！来呀！上吧！一起上吧！"

史金咬咬牙关，"兄弟几个一起死，黄泉路上也不会寂寞吧！"

陆川咧嘴笑了笑，"只是可惜了樱子，要她陪我们三个臭男人一起上路，真是有些委屈了！"

就在几人准备进行最后殊死搏斗的时候，只听外面的街道上传来沉闷的枪声。

突突突！突突突！

樱子第一个叫了起来，"是重机枪的声音！"

无数的火线飞射进来，顷刻间就扫到了一片"地狱战士"。

"队长，你们在里面吗？"

一个粗犷的声音从楼下传来。

是自己人！

众人心头一喜，趁机快步退到窗台边上。

只见两辆灰绿色的履带装甲车，威风凛凛地停在街道中央。舱口处各自架着一挺重机枪，坐在射击舱里的是爆破手高达和狙击手阿洛，他们抬起右臂，冲陆川敬了个军礼，朗声说道："队长，你们还好吗？"

陆川还了一个军礼，"死不了！"

伴随着隆隆声响，两辆装甲车开到商厦楼下。

高达和阿洛冲陆川他们招手道："跳下来！"

陆川点点头，纵身跃下二楼，单膝半跪，稳稳落在装甲车上面。紧接着，身姿轻盈的樱子凌空一个翻身跟着跳了下来。砰砰两声闷响，马修斯和史金这两个魁梧汉子跳在了另外一辆装甲车上面。

陆川打开舱口，和樱子钻进装甲车内部。

猎豹克里斯负责开车，除此之外，车厢里还坐着神童GP和影子路飞。

克里斯转过身来，冲陆川行了个军礼道："欢迎归队！"

陆川道："兄弟们都到齐了吗？"

路飞回答："都到齐了！其他人都在旁边那辆装甲车里面！"

樱子赞叹道："你们还真有两下子，这车是从哪里弄来的？"

路飞嘿嘿笑道："当然是抢来的！我和安东尼一人抢了一辆！"

GP向陆川汇报道："队长，方才阿月和反政府武装基地接过头，植入阿月电脑里面的超级木马同时启动，已经追踪到反政府武装基地的准确地理位置！"

陆川赞赏地点点头："干得漂亮！"

克里斯道："OK！大家坐好了，我们离开这个鬼地方！"

隆隆！隆隆！

伴随着马达的轰鸣声，两辆装甲车同时启动，一前一后朝着街口方向冲过去。

有了装甲车这个钢铁堡垒的庇护，那些"地狱战士"根本近不了身。

隆隆！

装甲车发出沉闷的怒吼，在满是废墟的街头如犀牛一样狂奔。

樱子问克里斯:"我们这是要去哪里?"

克里斯说:"我们的任务已经完成了,现在准备撤离可那城!"

陆川面色凝重地说道:"不!我们的任务还没有结束!"

还没有结束?!

所有人都奇怪地望着陆川。

路飞道:"队长,我们已经把可那城的反政府军和叛军推翻了,同时也获得了反政府武装基地的地理坐标,已经很圆满地完成任务了呀?"

陆川盯着路飞道:"圆满吗?你看看那边堆积如山的尸体,你觉得我们的任务圆满吗?"

路飞张了张嘴巴,不知道该怎么回答。

GP说:"有些事情是我们不能控制的!"

"不!"陆川厉声说道:"我们能控制!你们都知道,我们确实瓦解了可那城的敌人,但不是解放!我们的任务是什么?是解放可那城!看看外面混乱的世界,我们解放可那城了吗?我们反倒是加速了可那城的灭亡!现在外面的混乱状况都是我们一手造成的,难道就这样一走了之,置全城的百姓而不顾吗?可那城足足有数十万百姓!那是数十万条生命呀!"

车厢里一片死寂。

没有人说话,每个人都在细细回味陆川这番话。

现在的可那城比之前还要混乱百倍,老百姓不但要和反政府武装的残留部队抗争,还要面对"地狱战士"和扩散的可怕的T病毒。

咔——咔——咔——

装甲车紧急制动,缓缓停靠在路边。

克里斯面色凝重地说道:"队长,我支持你的决定!你说我们现在该怎么做吧?"

陆川沉吟道:"消灭这些'地狱战士',防止T病毒无休止的扩散和传播!"

"消灭他们?!"路飞摇摇头,"队长,仅凭我们几个人的力量,怎么能够对抗一两千的'地狱战士'呢?这不现实!"

陆川眼中精光闪烁,"所以我们不能硬拼,只能智取!"

"智取?!"车厢里所有人都看着陆川,等待着他说出好的法子。

伴随着一阵沙沙声响,安东尼的声音从无线电里传了出来:"一号车一号车，你们怎么停下来了？是遇到麻烦了吗？赶紧撤退呀！那些'地狱战士'已经追上来了！"

克里斯握着无线电话筒回应道："我们要留下来消灭那些'地狱战士'！"

"什么?！消灭'地狱战士'?！"安东尼骂道，"你们疯了吗？别痴人说梦了，现在走还来得及！"

克里斯吸了口气，大声说道："我们不走！一旦我们离开可那城，城里的老百姓都会被'地狱战士'杀死，所以我们必须留下来，为了可那城的百姓也好，为了自己也好，我们得留下来消灭那些怪物，不能让T病毒再继续扩散传播下去！"

安东尼叫喊起来："疯了！疯了！你们简直是疯了！我们这才几个人呀，真当自己是救世主么？"

陆川对着无线电话筒，口吻坚定地说："我不知道自己是不是救世主，我只知道有些事情不去做的话，良心永远也不会安宁！当然，这不是强制性命令，我不会要求每一个队员留下来。想留下来的可以到一号车这边来，不想留下的赶紧坐二号车突围！"

二号车那边沉默了一会儿，马修斯粗犷的声音传了过来："我是副队长马修斯，我代表二号车里的所有队员说一句话，我们是兄弟，就算天崩地裂，我们也要留下来一起战斗！"

"一起战斗！"二号装甲车里传来队员们的高声呼喊。

陆川的心里涌起一阵感动，"谢谢马修斯！谢谢所有队员！那就让我们一起战斗吧！"

呼哈！

队员们高举右臂，斗志昂扬。

"队长，一大波'地狱战士'正朝着我们逼近，二十米、十五米、十米，快做决定吧！"克里斯紧握着方向盘，脸上挂满冷汗。看着密密麻麻涌动的人潮，每个人的神经都绷得紧紧的。

GP道："我看只有用炸弹才能将他们尽数消灭！"

啪！

一道闪电划过陆川的脑海，陆川打了个响指，"说得没错！用炸弹！"

GP道："队长，可是我们的手里没有炸弹呀！"

"我们可以制造一个！"陆川信心满满。

所有人都吓了一跳，制造一个炸弹?!开什么玩笑?!制作炸药的化学品一样都没有，而且要想制造出这样一个超级炸弹，也不是他们力所能及的事情。

路飞道："队长，这已不是普通炸弹能够做到的事情，估计只有导弹才能做到吧!"

"我知道哪里有这样的'导弹'!克里斯，我来开车!"陆川说。

"是!"克里斯赶紧把主驾驶位置腾给陆川。

"坐稳了!"陆川面沉如水，迅速发动装甲车，隆隆的马达轰鸣声响彻夜空。两个浑身钢甲的庞然大物一前一后轰然出动，冲破人群，驶向对面的街口。

一路上，街道两边的悲惨景象不断映入陆川的眼帘：

往昔繁华的街区变成废墟，冒着滚滚浓烟；几台汽车被爆炸的气浪掀翻，汽车已经被烧成了铁架子；地面被撕裂开来，蔓延出许多裂痕，一辆军车的车轮陷在裂痕里面，发生了倾翻，十多名叛军士兵从车厢里狼狈跳了出来，一群衣衫褴褛的百姓手拿各种家伙，突然从废墟里冲了出来，不顾一切地和这群叛军士兵缠斗在一起，怒火已经让他们忘记了死亡的恐惧……

"队长，我们这是要去哪里?"樱子忍不住问道。

陆川说："之前我随阿月出去的时候，记得市区背面有一座炼油厂。我想把'地狱战士'引到炼油厂。炼油厂油路爆炸的威力应该是巨大的，足以毁灭那些'地狱战士'!"

"这个想法不错，只是有些冒险!"克里斯说。

陆川道："所以我还需要你们的帮助!"

克里斯说："队长你尽管吩咐!"

陆川点点头，同时握着无线话筒，对二号车里的队员们说道："我现在命令你们全部下车，以自身做诱饵，将'地狱战士'全部引到炼油厂!行动很危险，你们需要加倍小心!"

"没问题!"

两辆装甲车一前一后在街道上停了下来。

除了驾驶装甲车的陆川和安东尼，其余队员全部走出装甲车。他们手中拿着各种武器，有突击步枪，有手枪，也有手雷等杀伤性武器。

马修斯五指一张，队员们立刻分开，在大街上各自散开。

"嘿！你们这群笨蛋！我在这里！看见我了吗？来呀！快来追我呀！"马修斯举着一根火把，迎着一群"地狱战士"走了过去。他的脸上毫无惧色，不断地挥舞着手中的火把，试图吸引那些"地狱战士"的注意力。

高达更是直接，呼地往人群里丢入一颗手雷。轰隆巨响，弹片飞旋，十几名"地狱战士"倒了下去。更多的"地狱战士"被爆炸声惊动，朝着高达追了上来。

哒哒哒！哒哒哒！

队员们一边开枪射击一边转身奔跑。

拉开一段安全距离之后，又再次停下来，继续朝着"地狱战士"开火，吸引着那些"地狱战士"不断前进。

越来越多的"地狱战士"从四面八方汇聚而来，就像涌动的人潮，占据了整条街道。

"天呐！"史金擦着额上的热汗惊叹道："这才多长时间呀，就有这么多人被T病毒感染了！"

马修斯退了回来，气喘吁吁地说："所以队长的决定是正确的！如果我们不留下来继续战斗，可那城就真的毁灭了！"

史金啐了口唾沫，淌着热汗叫道："兄弟们，再加把劲！"

哒哒哒！哒哒哒！

队员们汗流浃背在前奔跑，浑身上下都是尘灰和血迹，脸上写满疲惫。他们原本可以平安无事地离开这里，但是为了更多百姓的安危，他们选择留下，维护这座城最后的希望。

石油对于一个国家来说，就像人体内的血液。

所以即使在可那城沦陷的时候，这座炼油厂依然在运转。叛军和反政府武装没有摧毁这座炼油厂，而是占领这里，将其作为他们的能源供应基地。

今夜之前，这里至少驻扎着叛军一个连的兵力。但是在大暴乱的波及之下，这里已经一片空荡。

当陆川和安东尼驾驶着装甲车冲进炼油厂的时候，几乎没有遭遇什么抵抗。

满地的狼藉和尸体足以证明，在他们到达之前，曾有一波难民冲击了炼油厂,并且和炼油厂里的驻军发生了激烈的厮杀。

陆川跳下车,从地上找出一把沾血的突击步枪,拉了拉枪栓,发现里面还有子弹。他拎着突击步枪,快步来到油路总阀门前,对着阀门哒哒哒地扣动扳机。一股股黑色的石油流了出来,沿着油路管道飞快地蔓延。

等到其他队员们把"地狱战士"引到炼油厂里的时候,所有的管道都灌满了石油。

队员们气喘吁吁,都有些精疲力竭。

安东尼将两辆装甲车都加满了油,陆川赶紧招呼刺客小组的队员们上车离开。

"GO！GO！GO！快离开这里！"

陆川最后一个跳上装甲车,他举枪对着其中一条油路管道扣动扳机。

哒哒哒!

子弹横扫而过,那条灌满石油的油路管道立马燃烧起来。

火势沿着管道飞快蔓延,就像数条火龙在交叉飞舞,迅速把炼油厂包围起来。

火焰熊熊燃烧,变成数米高的火墙,炼油厂瞬间沦为一片火海,滚滚浓烟犹如张牙舞爪的怪兽,朝着夜空扑腾而去,漆黑的夜空都被火光映成了白昼。

"冲啊!"

两辆装甲车就像两头猛虎,从熊熊燃烧的火海中咆哮着冲了出来。

回头望去,只见火光冲天,声声哀号萦绕不绝。

目睹此情此景,陆川的心狠狠地抽搐着,他长叹一声,将手中的突击步枪远远地扔了出去。

轰隆隆!

炼油厂发生猛烈的爆炸,震耳欲聋的爆炸声在夜空中激荡,一朵黑色的蘑菇云自空中升起。大地狠狠地颤抖着,四周的地面被撕裂塌陷,周围的楼房纷纷垮塌,火光蔽天,无数的瓦砾碎石冲上天空,尘土犹如海浪般朝着四面八方翻卷涌动。

即使是坐在装备着钢甲防护的装甲车里面,队员们也能感受到车身在剧烈地晃动。甚至有那么一小会儿,整辆装甲车是被爆炸波推送着前进。

装甲车横亘在街道中央，所有人都从舱口钻了出来，表情凝重地看着那朵经久不散的蘑菇云，心中充满了浓浓的悲伤。没有人说话，每个人的心里都是沉甸甸的，仿佛有块大石头压在胸口上，令人喘不过气来。

幸存下来的百姓冲上街头，激动地欢呼着，庆祝这场来之不易的胜利。也有人们蹲在废墟里嚎啕大哭，不知是在庆祝胜利，还是在缅怀那些逝去的生命。

欢呼声还是盖过了哭声，犹如海浪，传遍城市的每一个角落，在城市上空久久回荡。

那些邋遢憔悴的面容，第一次拥有了久违的笑容。

马修斯长长地吁了口气，开心地说："队长，可那城终于解放了，我们的任务完成了！"

陆川伸出右手，队员们也纷纷伸出右手重叠在一起，激动地高呼起来。

在离开可那城之前，陆川想起污水道下面的那群朋友。

污水道里，那位名叫伊沫的小女孩安详地躺在微弱的火光下。她紧闭着眼睛，双手交叉放在胸口上，像是在熟睡。

小古、什科、阿大、阿二，还有阿娜，陆川记得他们每一个人的名字。

此时此刻，他们全都静静地围坐在伊沫的身旁。

看见陆川的到来，小古惊喜地站起身来，"陆川哥哥?! 你……你怎么来啦？"

陆川搂着小古瘦弱的肩膀，"小古，陆川哥哥是专程来带你们出去的！外面已经解放了，可那城已经解放了，你们已经自由了！"

"解放了?! 真的解放了?!"小伙伴们激动地叫喊起来，他们稚嫩的脸上洋溢着真切的喜悦和幸福。

"陆川哥哥，你……你没有骗我们吧？"小古激动得语无伦次。

"绝对没有！我保证！你们出去看看就知道了！"陆川拍着胸口，微笑着说。

"太好了！"小古蹲下身来，拉着伊沫的小手说："伊沫，你听见了吗？你听见陆川哥哥说的话吗？外面解放了！可那城解放了呀！"

伊沫一动不动，她紧闭的双眼一直都没有睁开过。

"伊沫……伊沫怎么了？"陆川的心狠狠颤抖了一下。

小古惨然一笑，擦着脸上的泪水道："没什么！她只是'睡'着了！"

陆川的心沉了下去，他明白小古所说的"睡着了"是什么意思。

阿娜走过来牵着陆川的手，"陆川哥哥，我们离开这里吧！不要去打扰伊沫，就让她安安静静地睡一觉！也许一觉醒来，春暖花开！"

一觉醒来，春暖花开！

这是多么美好的憧憬啊！

嗤！

什科吹灭了那盏油灯，伊沫惨白的小脸被黑暗慢慢吞噬。

走出污水道的时候，外面的天已经蒙蒙亮了。

远方的天空出现了一抹鱼肚白，金色的晨曦就像一把刀子划破了鱼肚，红色很快流得满天满地。空中的迷雾在阳光中化成晶莹的露水，一轮红日从东方冉冉升起。刹那间，霞光万丈，笼罩着这片废墟。

可那城全面解放，陆川率领着刺客小组离开了这座满目疮痍的城市。

装甲车缓缓从警局大楼前面走过。

陆川不经意间赫然发现，阿月被绑在了旗杆上，长长的头发披散下来，一动不动——她终究受到了应有的惩罚。

第九章　死亡长廊

史金大惊失色，只感觉一阵腥风从脚下席卷而来，那条鳄鱼的攻击速度实在是太快了，史金想要躲避已经来不及了。

可那城在身后渐行渐远。

在车上，陆川和西蒙少将进行了简短的视频通话。

西蒙端着一杯牛奶，桌上放着一个煎蛋，出现在电脑屏幕里。

"早上好！我的朋友们！"西蒙喝了一口牛奶。

陆川面容冷漠地对着电脑屏幕，"刺客小组已经完成第一阶段的任务，正朝着反政府武装的基地挺进！"

"很好！非常好！"西蒙笑眯眯地点了点头，"昨晚发生在可那城的事情我已经收到了消息，你们干得非常出色！虽然在可那城里耽搁的时间稍稍久了一些，但是最后的结局却是让人非常满意的！看来我没有挑错人，陆川，你们很优秀！再接再厉，我期待着你们的好消息！"

西蒙津津有味地咬了一口煎蛋，"再见！"

"再见！"陆川关掉视频连接。

GP一脸不爽地骂咧道："我们在外面拼死拼活，他却在家里喝着牛奶吃着鸡蛋！"

陆川道："别抱怨了，查看一下通往反政府武装基地的路线！"

GP叹了口气，接过电脑，噼里啪啦地敲击着键盘。

不一会儿，GP向陆川汇报道："报告队长，我已经锁定了反政府武装基地的地理坐标，在距离此处东南方向两百多公里的一片原始丛林里面。另外，在前方三十公里处有一条峡谷，可以抄近路通往反政府武装基地，但是……"

陆川皱了皱眉头，"但是什么？"

GP望了陆川一眼，抿了抿嘴唇道："这条峡谷被称作'死亡长廊'，要想从这条峡谷通过，只怕有些不易！"

死亡长廊？！

队员们都惊疑地看着GP，这个名字还挺悚然的。

"说来听听！"陆川扬了扬下巴。

GP介绍道："如果从"死亡长廊"前往反政府武装基地，大约可以缩短一半的路程。只不过这条峡谷里面毒虫遍布，同时反政府武装还在这里埋藏了大量的地雷，防止外敌入侵。除此之外，最可怕的是居住在这片原始丛林里面的土著人，那是一个行踪诡异、专砍人头的丛林部落，几乎没有人敢去招惹他们！正因为危机四伏，所以这条峡谷被称作'死亡长廊'！"

"有意思！有意思！"陆川思索片刻，眼睛里闪现两道精光，"唔！在前方三十公里停车，我们就从'死亡长廊'穿过去！"

GP一脸不解地看着陆川，"不是吧，队长？真的要走'死亡长廊'？"

陆川擦拭着手中的M16突击步枪，"你看我的样子像在开玩笑吗？"

离开可那城的时候，刺客小组在反政府武装的一个军需库里，发现了一批先进装备，这些装备阿月一直没有舍得拿出来用，没想到却"便宜"了刺客小组。每个队员都从头到尾武装了一番，携带了足够的弹药装备。M16突击步枪、BUCK"夜鹰"平刃军刀、M67手雷、"黑鹰"半指战术手套、北约高帮丛林作战靴、"猫头鹰"微光夜视镜等等。猎人阿洛还搞到了一支巴雷特M82狙击步枪，该枪射程远、精度准、威力大，在上千米开外的距离都能轻易击穿4毫米厚度的钢板。

"队长！'死亡长廊'这条近路虽然可以缩短一半的路程，但其中的艰险程度太高了，也许会比走大路更加费时费神！"GP阐述着自己的观点。

陆川淡淡说道："你以为我走'死亡长廊'是为了缩短路程吗？动动脑子想一想，在通往反政府武装基地的沿途肯定遍布敌人的岗哨和伏击点，你觉得仅凭我们这十二个人，能够一路闯进反政府武装基地吗？你真当反政府武装是吃素的？如果能够从正面攻打进去，政府军还需要我们这支刺客小组做什么？若是打草惊蛇，惊动了敌人，我们只怕会被敌人消灭在半路上。所以这次的行动我们只能采取偷袭渗透的战术，打敌人一个出其不意，才有可能取得胜利！"

陆川顿了顿，指着电脑屏幕上的卫星地图说道："你们看，这条'死亡长廊'可以一直通往反政府武装基地的背面，我们偷偷从背面潜入进去，给敌人后背来上一刀子。如果我没有猜错的话，反政府武装并没有在'死亡长廊'设下埋伏。对于反政府武装来说，他们一定认为'死亡长廊'是绝对安全的，没有人可以从这里通过。我们要'反其道而行之'。再说，如果连'死亡长廊'都不能通过，那我们还有什么资格和反政府武装战斗呢？"

短暂的沉默之后，车厢里传来"呼哈"的呐喊声。

樱子说："你是队长，你做决定吧！"

克里斯拍打着方向盘，吹着口哨道："哟嚯！我最喜欢做富有挑战性的事情了！"

GP 摇摇头："一群疯子！你们说什么便是什么吧！"

傍晚时分，按照陆川的指令，两辆装甲车在崎岖的山路上停了下来。

队员们环顾了一下四周，发现他们已经置身在崇山峻岭之间。这里看不见城市，没有人烟，只有层峦叠嶂的山脉，如同波浪般绵延不绝。

陆川双手叉腰，四处观察了一会儿，"昨晚大家激战了一夜，都已经很疲惫了。今天我们暂时不走了，就在这里宿营。好好休息一宿，明天一早向'死亡长廊'进发！"

一行人离开山路，走进一片野草丛，最后选择在一棵高大的古树下面扎营。这棵古树可能已有好几百年的历史了，树干粗壮巨大，需要四五个人才能合抱。粗壮的树根犹如魔鬼的爪子，盘根错节，深深插入地下，蔓延到十来米开外的地方。繁茂的枝叶伸展开来，郁郁葱葱，如同一把绿色的巨伞。在树荫下面生长着一些低矮灌木和不知名的野花，繁星点点，散落草丛。

众人分工合作，马修斯带着一队人马在大树下面扎营，史金则带着一队人马进入灌木丛，除了砍伐柴火外，还顺带猎捕一些野味当作晚餐。

吃过晚餐，天色已经完全黑了下来。

陆川简单分配了一下守夜任务，自己和史金守上半夜，马修斯和阿洛守下半夜。

昨晚上经历了整整一宿的激战，队员们也确实是累了，不一会儿帐篷里就响起此起彼伏的打鼾声。

清晨醒来的时候，树梢上挂满了晶莹的露珠。

晨曦刺透迷雾，那些露珠发出迷人的光彩。

休整了一夜之后，队员们的精力都恢复了不少，一个个神采奕奕，准备迎接新一天的挑战。一切准备妥当后，刺客小组的队员们背上战斗背包，继续往丛林深处进发。

原始丛林郁郁葱葱，高大的树枝就像伞盖，把树林遮掩得密不透风。偶尔有阳光从枝桠的缝隙中穿透下来，落下点点光斑。

在原始丛林里面行走是一件非常艰难和危险的事情，除了要谨慎躲避沼泽陷坑以外，还要随时提防来自毒虫猛兽的袭击。

幸运的是，一路上仅仅遇上了两条毒蛇，平安无事。临近正午的时候，前方出现了一片水潭。

第九章 死亡长廊

在暴雨过后，这里的雨水无法得到有效的挥发，久而久之便形成了泥淖。再经过时间的沉淀，泥淖就会变成水潭。这种水潭通常积水不深，但是水潭下面是沼泽，淤地非常柔软，很容易变成吞噬人的陷坑。

陆川竖起手掌，示意大家停下脚步，原地休息一会儿。然后他带上副队长马修斯来到水潭边上，仔细观察了一下这里的情况。

这片水潭很大，应该还有山泉和地下水在这里汇聚。浑浊的水域中生长着一些水草和树木，有些枯木倒插在泥地里面，就像张牙舞爪的怪兽。水面上静悄悄的，有昆虫在发光的水面上爬行，留下一串浅浅的波纹。阳光稀稀落落地射下来，倒映出一片粼粼波光。

陆川仔细观察了一会儿，"为了安全起见，也为了节省脚程，我建议制作两个木筏！"

马修斯点点头，表示同意。

两人回身走了没有多远，马修斯突然停下脚步，指着脚下的泥地说道："这是什么东西？"他蹲下身来，掏出军刀，挑起一戳泥土，从里面刨出一个白森森的骨架。他举起骨架看了看，发现竟像是鳄鱼的半边头骨，里面还能清楚地看见两排锋利的獠牙。

"我的乖乖！看看这家伙的嘴巴有多么恐怖！"马修斯把骨架放在脖子上比划了两下，惊叹道："这一口咬下去，估计能轻易地扯断我们的脖子！"

陆川皱着眉头说道："看来这片水域的状况不容乐观，里面可能有鳄鱼出没，叮嘱大家一定要提高警惕！"

两人回到休息地，陆川给队员们讲述了一下前面水域的情况，当听闻前面可能会有鳄鱼出没的时候，队员们的心头都蒙上了一层阴影。

鳄鱼号称生物界的杀手，几乎没有天敌，喜欢栖息在潮湿的泥地里或者水潭边上，非常善于捕捉大型野兽，它锋利的牙齿和极其可怕的咬合力，足以咬碎一切东西。

刺客小组的队员们虽然都是身经百战的浴血战士，但是在面对自然界头号杀手的时候，还是忍不住有些心惊胆战。

队员们不敢怠慢，迅速分成两组，一组负责砍伐木材，用以制作木筏，另外一组寻找粗壮坚韧的树藤，用来捆绑木材。筹齐制作木筏的材料之后，众人开始分工合作。

为了使木筏更加牢固，也为了增加其承重量，他们将木筏做成两层，中间穿插藤条来回捆绑。为了预防可能会遭遇的鳄鱼袭击,他们还把木筏子的前后竹子削成了锋利的尖头。

陆川问道:"大家准备好了吗?前方水域可能会有许多未知的危险,大家打开枪械保险,随时做好战斗准备,明白了吗?"

"明白!"

"出发吧!"

队员们齐心协力将两个结实的木筏用力推进了水里。然后十二名队员迅速平均分成A、B两个小组,分别乘上了一个木筏。

两个木筏一前一后在阳光破碎的树林中缓缓游行,前后相距十米。木筏打破沉静的水域,发出哗啦啦的清脆水声,撕裂了洒向水面的阳光,使破碎的阳光化成光点消散开去,在眼前不断闪烁。

史金和陆川各自握着一根数米长的木棒,起落有次地将它们插入水中,然后使劲一撑,前后交替着推送着木筏前进。

陆川站在木筏最前端,凌厉的目光在幽静的水面上扫来扫去,密切地注视着水里的动静,一秒钟也不敢分神。因为那些可怕的鳄鱼,弄不好就藏在浑浊的水面上,静静等待着猎物的光临。

突然,樱子在身后厉声叫道:"队长,低头!"

陆川心中一惊,虽然不知道发生了什么状况,但是本能的反应让他在第一时间低下脑袋。

就在他刚刚低头的一瞬间,一阵劲风贴着他的头皮掠了过去。耳畔听见嚓地一声响,一道寒光从陆川的头顶一闪而过,一颗三角蛇头应声落在陆川脚下,樱子迅速收起了长刀。

看着脚下颤抖的蛇头,陆川抬脚将它远远踢入水中,心里不由得泛起微微寒意。红黑相间、失去脑袋的毒蛇盘旋缠绕在陆川头顶的枯枝上,蛇身的神经还没有死透,在枯枝上缓缓扭动着。

陆川心头火起,伸手抓住无头毒蛇的尾巴,使劲将它从枯枝上拽了下来,然后猛地一抖,抡了个圆圈,呼地扔了出去。

哗!毒蛇被扔进数米开外的水潭里,溅起不高的水花。

就在毒蛇缓缓沉入水中的一瞬间,水面上突然冒出了一串气泡,仿佛有两团黑影晃动了几下。

"路飞,你在做什么?"史金发出惊讶的声音。

陆川回过头去,只见路飞伸出两根手指,从倒插在水里的半截枯树干上，迅速抓下一只灰黄色的大蜘蛛。那只蜘蛛有掌心那么大，加上它的足，比人的手掌还要大。

路飞饶有兴致地拔出军刀，一刀接一刀地斩断蜘蛛的八条足，然后抬头问史金："大惊小怪的！你没吃过蜘蛛吗？"

"咦！"史金露出一脸恶心的表情，"没有吃过！这也太恶心了吧！"

路飞嘿嘿笑了笑，"这你就不懂了，吃习惯了之后你会觉得这是人间美味呢！"路飞一边说着，一边用军刀挑起了蜘蛛的背壳，然后将刀尖插入背壳下面，把里面的东西一股脑儿挖出来，一口吃了下去。

史金的喉头动了动，哇地弯腰呕吐起来。

路飞撇撇嘴巴，"以前我搞跟踪伪装，有时候跟踪某个目标一跟就是好几天，潜伏在某个地方一动都不能动，肚子饿得咕咕乱叫都没办法。但总不可能活活饿死吧，所以我就顺手抓点周围的小昆虫吃，吃着吃着就觉得这些东西的味道其实挺好的！"话音刚落，路飞又飞快地从身旁的一棵树干上抓下一只大蜘蛛，"咦！又抓到一只！今天真是有口福了！"

后面那张木筏上的人也没闲着，尤其是猎人阿洛。路飞抓蜘蛛，他也跟着抓蜘蛛。不过他抓蜘蛛并不是自己吃，而是用来做鱼饵的。他不知从哪里的枯枝上削下了一小截倒钩形状的利刺，顺手就用很有粘性的蛛网把蜘蛛包裹在里面，然后挂在倒钩上面。再从树藤里抽出一根细细的藤条当作鱼线，接着就把蜘蛛饵料扔进水里，开始悠哉地垂钓起来，脸上挂满了惬意的表情。

水光粼粼，一切都很平静。丛林、虫鸣、鸟叫、阳光、水潭，如果这里没有危险的话，那还真是一处绝美的旅游胜地。

队员们沐浴着斑驳的阳光，在望不见尽头的丛林里缓缓漂流，恍恍惚惚生出一种迷离的错觉，美好的景色让队员们的防备心理不知不觉地松懈了下来。阳光照得人懒洋洋的，甚至有人眯眼打起了盹。

突然，阿洛感觉到手中的藤条一阵颤动，直觉告诉他，肯定有鱼儿上钩了。阿洛有着丰富的打猎经验，除了猎捕野兽以外，捕鱼也是他的看家本领。他时而放松藤条，时而拽紧藤条，任那鱼儿在水下游来游去，就是不急于将鱼拽出水面。直到把那条大鱼折腾得精疲力竭之后，阿洛突然猛地向上一扯，一条肥鱼随之被扯出了水面。

"哗！"阿洛高兴地笑道："好大的一条鱼！"

就在这时候，一团庞大的黑影突然从水底的淤泥中一跃而起，冲破水面，张开血盆大嘴，一口将凌空翻腾的肥鱼吞进了肚里，然后重重地落入水中，溅起高高的水花。

阿洛怔住了，木筏子上面的所有队员都怔住了，每个人脸上的表情仿佛瞬间凝固。他们清楚地看见，刚才跃出水面的那团黑影，竟是一条体长超过3米的鳄鱼！那张无坚不摧的大嘴，那身刀枪不入的铠甲，无不让人心生寒意。这种鳄鱼属于河口鳄，它们极度凶残，是丛林里最为危险的鳄鱼之一，刚才这条3米多长的鳄鱼竟是它们中体型较小的。

"鳄鱼！鳄鱼！"有人大声叫喊起来。

原本已经放松戒备的队员们仿佛突然被惊醒了一样，只听拉动枪栓的哗哗声响，几乎所有人都举起了手中枪械，枪口来回扫动着，密切留意四周的丝毫动静，全部进入了战斗状态。

钢炮高达脾气火爆，端着突击步枪怒吼道："看老子把它打成肉酱！"

阿洛按住高达的枪口，沉稳地说道："不到迫不得已的时候，千万不要激怒这些可怕的杀手。依我的经验来看，这里不止潜伏着一条鳄鱼，应该还有更多的鳄鱼就在附近，我们不要打草惊蛇！"

"队长，那边的几块石头怎么在动呢？"史金伸手指着十几米开外的水面。

只见几块露出半截的黑色"石头"，竟然划开波浪，朝着刺客小组所在的木筏迅速游弋而来。

"是鳄鱼！"陆川出声叫道："这里到处都是鳄鱼，我们快离开这里！"

陆川一边叫喊着一边拼命挥动着手中的木棒，尽最大努力想要提升木筏的漂流速度。

那些鳄鱼是这片水域的霸主，它们比任何人都要熟悉这里的环境。

木筏还没有漂出十米，那几条鳄鱼已经来到近处。

"开火！"鳄鱼逼近，不得已之下，陆川只好下达了开火的命令。

哒哒哒！哒哒哒！

面对来势汹汹的鳄鱼，队员们只能以强大的火力予以还击。枪声打碎了丛林午后的宁静，数条火线在丛林间忽明忽暗地闪烁着，没入了水中。

虽然河口鳄的那一身铠甲坚硬厚实，在丛林里堪称完美的防御战甲，几乎没有东西能够对它造成伤害，但是在强大的热武器面前，河口鳄的铠甲还是被子弹给洞穿了，浑浊的水面上很快就冒出浓浓血水，染红了周围的水域。

一轮狂风暴雨般的阻击扫射之后，水面上浮出了两具鳄鱼的尸体，在血水里上下浮沉。

陆川竖起手掌，队员们很快便停止了射击。

微风荡开水面，空气中弥漫着刺鼻的血腥味，树林间又恢复了之前的沉寂。

队员们长长地吁了口气，擦了擦脸上的冷汗。

就在大家以为危险暂时平息的时候，忽听哗啦水声，一条体型接近5米的超大鳄鱼突然从水底窜了起来，张开血盆大口，朝着站在木筏末端的史金凶狠地咬了过去。

史金大惊失色，只感觉一阵腥风从脚下席卷而来，那条鳄鱼的攻击速度实在是太快了，史金想要躲避已经来不及了。就在这生死一线的瞬间，站在史金后面的路飞突然抓住史金，拼尽全身力气往后一拽，鳄鱼锋利的牙齿扫过史金的脚踝，咬碎了他脚上厚实的战斗靴。

那条巨大的河口鳄恼羞成怒，竟张嘴朝着他们所乘坐的木筏咬了下去。锋利的尖头未能有效抵御鳄鱼的疯狂扑击，瞬间被全部咬碎。这条鳄鱼拽着这张木筏不肯松口，一路往前游去，大有一副要和这群人类战斗到底的气势。

木筏虽然牢固，但经不住鳄鱼这样疯狂的折腾，它的末端已经倾斜下去，史金他们纷纷向鳄鱼的血盆大口滑了过去。

危急关头，史金突然一声怒吼，在身子已经失去重心的情况下，一把将手中的木棒抡了起来，将木棒的尖头当作武器，不失时机地刺入了鳄鱼的血盆大口。滚烫的鲜血飚射而出，飞溅的史金满身都是。

鳄鱼吃痛，发出沉闷的嘶吼，疯狂地扭动着庞大的身体，咬断了木棒，同时强劲有力的尾巴凌空横扫而过，就像气势惊人的铁锤，狠狠地撞击在史金身上。

"史金！"

这一幕让所有人都惊呆了。

史金喷出一大口鲜血，魁梧的身躯瞬间飞了出去，如同断翅的鸟儿哗地落入了十多米开外的水中。

负伤的鳄鱼仿佛认定了史金这个敌人，丢下木筏上的其他人，转身朝着史金扑了过去。

第一滴血

史金本已遭受重创，要是被这条狂怒的鳄鱼追上，肯定会被撕成碎片。队员们心急如焚，但是谁也无法施以援手。

就在这千钧一发之际，一道人影突然飞身窜出，跃上了不远处的一棵枯木，然后在树干上使劲一点，朝着水中的那条鳄鱼飞身扑了下去。

所有人都瞪大眼睛，发出不可思议的惊呼之声。

在惊呼声中，陆川已经凌空落在鳄鱼背上。可不等他站稳脚跟，那条鳄鱼突然往水中一沉，然后迅速翻过身来，张嘴就朝陆川咬了过去。

"呀！"

有人已经闭上眼睛，不忍心看见陆川被鳄鱼撕裂的模样。

在危机关头，人往往会爆发出强大的潜能。

在面对鳄鱼致命一击的时刻，陆川积聚起全身力量，抡起右手肘，重重地击打在鳄鱼的下颚处。

皮厚甲硬的鳄鱼竟被陆川这一肘打偏了脑袋，锋利的牙齿贴着陆川的头划了过去。同时陆川也借助这一击之力，竭力向后退了半米，从鳄鱼口中成功脱险。

不等鳄鱼反扑上来，陆川已经从裤腿里拔出"夜鹰"军刀，一个猛扎潜入水中。

水下一片昏暗，刚才的这一番搅动让水底的泥沙翻腾起来，几乎不能辨物。陆川钻到鳄鱼肚子下面，抬手摸到了它柔软的肚子。不及多想，他握着军刀，猛地向上刺去，狠狠扎入了鳄鱼的肚子，使劲向前一划，在鳄鱼的肚子上留下了一条长约二十多公分的刀口，腥臭浓烈的鲜血一下子喷涌出来。

鳄鱼吃痛，怒吼连连，猛地沉入水中，庞大的身躯就像潜水艇一样，朝着陆川当头压了下来。陆川双腿使劲一蹬，拼命向前蹿了出去。

鳄鱼在水里疯狂地摆动着身体，寻着陆川追了上去，张嘴咬向陆川的脚踝。

虽然陆川的速度已经足够快了，但是鳄鱼的速度更胜一筹，尤其是在水中，鳄鱼的攻击速度更是提升到了极致。

陆川心中一惊，感觉自己已经无法逃脱。

突然，一道黑影从浑浊的水域里冲了过来，手中紧握的尖刀猛地戳向鳄鱼的眼睛。

唰！

血光闪现。

鳄鱼的左眼被生生刺瞎，突如其来的剧痛让它本能地放弃了攻击，向后急速退去。

陆川侥幸躲过一劫，双脚一蹬，趁此机会一下子跃出水面。

他大口大口地喘着粗气，浑身上下湿漉漉的一片，脸上挂着豆大的水珠子，冷汗混杂其中。

哗啦！

一颗脑袋从他的身旁冒了出来，史金面如白纸，嘴角还挂着殷红的血迹。

陆川喘息着挤出一个微笑，"谢啦，兄弟！"

史金吐了一口血水，"应该是我向你道谢才对！"

陆川挽着史金的胳膊，将他从水中拉了出来，然后两人相互搀扶着爬上了一棵枯树。

不等那条疯狂的大鳄鱼扑上来，其他队员已经撑着木筏赶过来支援。只听枪声大作，无数的子弹就像雨点般砸在那条鳄鱼的身上，一片血雨飞溅之后，那条鳄鱼缓缓沉入了水中。

史金无力地挂在树上，气喘吁吁地骂道："他娘的，终于死了！"

陆川拍了拍史金的肩膀，"好家伙，你的身体果然是铁打的，挨了这么沉重的一击，现在还有力气开骂呢！"

史金挤出一丝笑意，带着不羁和自信的口吻说："老子在枪林弹雨中都能活下来，难道还不能在鳄鱼的嘴里活下来吗？"说完这话又一个人嘿嘿傻乐。

"队长！快走啊！鳄鱼！那边又有鳄鱼围过来啦！"站在木筏上的队员们突然大声叫嚷起来，一个个神情紧张，脸上布满了焦急。

陆川扭头一看，只见在不远处的水面上，又浮现出了好几块"大石头"。不，确切地说，是浮现出了十几块"大石头"。

天呐！

没有想到他们现在招来了鳄鱼群。

陆川艰涩地咽了口唾沫，赶紧拖着史金滑入水中，然后拼命朝着木筏游了过去。

陆川将史金推上木筏，史金回身去拉陆川，陆川伸手拎起自己的背包，竟然一把推开木筏，并没有爬上去。

史金诧异地看着陆川,"队长,你这是做什么?"

陆川说:"那些河口鳄的攻击速度很快,我们这样是逃不掉的。你们先走,我去干掉这些丑陋的家伙!"

"你疯啦!"史金第一个大声叫喊起来,"你一个人怎么对付十多条鳄鱼?你是去送死吗?"

陆川举起背包晃了晃,"包里有炸弹,我知道怎么对付它们!你们先走!"

"不!要死老子跟你一块儿死!"说着,史金转身一头扎入了水中。

陆川看着潜游过来的史金,知道不可能把他劝离,无奈地笑骂道:"老子刚才费了那么大的劲,等于是白救你了!"

史金抹着脸上的水道:"要是因为救我而你却死掉了,那我独自活着又有什么意义呢?"

陆川捶了史金一拳,"这话听上去真是肉麻死了!"

史金笑着道:"你放心,我对你没有半点兴趣!"

两人一边笑骂着,一边朝着那群鳄鱼游了过去。

"副队长,现在怎么办?"阿洛问马修斯。

马修斯很清楚两人的个性,也清楚陆川所做的决定,所以他挥了挥手,"听从队长的命令,我们先行撤退!"

此时此刻,陆川和史金两人距离那群鳄鱼越来越近。

那群鳄鱼在水里狂躁不安地摆动着庞大的身体,不时把长长的鳄嘴探出水面,发出阵阵嘶吼,搅动得周围水域动荡不安。

陆川打开背包,从包里摸出两颗手雷递给史金,"速度要快,这些鳄鱼已经发怒了,随时都有可能冲过来!"

两人在横向十米长的水域上,分别把四颗手雷安放在了枯树缝里,然后相互之间用细细的藤条串联在一起。一旦那些鳄鱼冲过来,扯动藤条就会引发爆炸,这是一个简易且威力巨大的陷阱。

陆川从水底的淤泥中拾起一块大石头,用力朝着那群鳄鱼投掷过去,刚好砸在一条鳄鱼的脑袋上。那条鳄鱼被砸得眼冒金星,又急又恼,一甩脑袋,蹭蹭蹭地朝着陆川冲了过来。

"全速撤退!"陆川对史金下达了撤退命令。

两人对望一眼之后,迅速沉入水中,然后像游鱼一样,在水中飞快潜行。在他们的身后,不仅有鳄鱼,还有炸弹,所以他们不仅仅是在跟鳄鱼赛跑，还是在跟死神赛跑。

两人都拼尽了全身的力气，一股脑儿地往前冲。游出了十多米，忽听身后传来接连不断的轰隆声响。

那群鳄鱼撞上了陆川他们刚刚设下的炸弹陷阱，引发了四颗手雷的连环爆炸。几团灿烂的火球在水面上绽放，剧烈的爆炸将数条鳄鱼瞬间送上了西天。

虽然隔着十多米的距离，但爆炸的威力很强大，产生的冲击波朝着四面八方扩散，河水都被激荡起来。强大的冲击力撞击在陆川和史金的背上，两人只觉得眼前一黑，背部仿佛遭受到重击，被冲击波推出了水面，远远地飞了出去。

砰！砰！

两人一前一后相继落在了一棵枯木上面，浑身上下都在淌水，满头满脸都是泥沙，模样十分狼狈。

陆川缓过一口气来，"没死吧？"

史金咧嘴一笑，"死不了！"

第一滴血

第十章 圣 物

"阿龙!"紧随其后的陆川突然停了下来,身后传来呼呼呼的劲风激荡声,他不用回头也知道,那条丛林蚺肯定已经追上来了。

夕阳西沉，丛林里渐渐变得暗淡下来。

经历了半天的漂流之旅后，木筏在一片滩涂边上停了下来，刺客小组的队员们终于再次踩上了陆地。

史金和马修斯走在最前面，不停地用军刀劈开身前的荆棘野草，为后面的人开路。

陆川说："我们再往里走一点，营地不能太靠近水边了，要随时提防鳄鱼的出没！"

往纵深处走了二三十米，马修斯在一棵大树下停了下来，问陆川道："队长，你看这里怎么样？"

陆川环顾了一下四周，相对来说，这棵大树下面还算空旷，四面有灌木丛，形成比较有效的自然防护带。况且这里离那片水域也不算远，可以补充水源。陆川点头表示同意。

队员们很有默契地分成了几个小组，一组前往水边取水，一组走进草丛中砍伐灌木枯枝，用来生火；还有一组留在原地安营搭灶。他们都是野外生存的能手，天色刚黑的时候，所有准备工作都做好了。

月落星稀，丛林里的温度降得很快，闷热的气息迅速消退，水露开始悄然降临，周围的枝叶上面挂满了霜露，湿漉漉的一片，萦绕着冰冷的寒气。

队员们迅速生起了篝火，火焰跳跃，慢慢驱走了夜晚的凉意。

赶了一整天的路，大家都感觉到饥肠辘辘，史金把之前从水里捡来的鳄鱼肉拿了出来，剥皮，切块，然后串在削尖的树枝上面，分给每人一串。队员们各自举着挂满鳄鱼肉的树枝，放在火堆上面翻烤。只听滋滋声响，阵阵青烟冒起，一颗颗透亮的油珠子滴落在火里，一阵肉香扑鼻。

今晚留下阿龙、安东尼、贝姆、GP 四人轮番守夜，其余人用过滤的清水洗了把脸，便早早地钻进了帐篷。

经历了白天和鳄鱼的那一番舍命搏斗，陆川体能消耗实在是太大了，他决定今晚要好好睡一觉，恢复一下体力。

帐篷里面的地上铺了一层树皮，因为下面的泥地很潮湿，直接睡在上面容易着凉患病，而且地上有很多虫蚁，铺上一层树皮之后，既能隔开潮湿的地面，又能防止虫蚁的叮咬，睡在上面还很暖和。

陆川仰躺着，在闭上眼睛的一刹那，借着外面朦胧的火光，忽然意外地感觉帐篷外有条奇怪的黑影。陆川蓦地惊出了一身冷汗，顿时睡意全无。他坐起来揉了揉眼睛，仔细凝望了一会儿，心中越来越惊骇：那条奇怪的黑影像是人影，在夜风中轻轻地晃荡着。陆川翻身爬起，拎着突击步枪冲出帐篷。

阿龙和安东尼负责守上半夜，两人正坐在火堆旁边聊天，忽然看见陆川慌慌张张地冲出帐篷，两人条件反射般地站了起来，握紧手中武器，"队长，怎么了？"

陆川没有说话，俯身从火堆里抽出一根燃烧的火把，高高举过头顶，抬头望向帐篷上方。

火光噼里啪啦地跳跃着，借着光亮，陆川看清楚了帐篷上方的东西，身后的阿龙和安东尼也看见了，几乎同时发出了"啊"的惊呼。

听见惊呼声，还没有入睡的队员们纷纷跑出帐篷，不知道发生了什么状况。

阿龙抬手指着帐篷上方的树枝，"看上面吧！"

树枝上的景象让人心底发寒，上面竟挂着一具尸体，而且是没有脑袋的。由于这具尸体隐藏在树叶丛中，站在大树下面的人只要不抬头细看的话，不太容易发现。

"这里怎么会有一具无头尸呢？"队员们交头接耳的议论纷纷，他们并不是没有见过死尸，只是在这荒郊野外的地方，突然看见树上诡异地挂着一具无头尸体，多少还是有些胆寒。

"取下来看看！"陆川说。

猎人阿洛抱着树干，身法敏捷，蹭蹭蹭地爬了上去。然后他拔出军刀，割断绳索，那具无头干尸怦然坠地。

陆川举着火把蹲下身来，只见尸体的断颈处有一道非常光滑的伤痕，应该是什么锋利的武器留下的痕迹。断颈处的血迹已经凝固干涸成了黑色，看样子死去有一段时间了。尸体的身上穿着一套迷彩军服。由于丛林里的闷热气候，这具尸体已经腐烂不堪，散发着阵阵恶臭，队员们纷纷捂住鼻子，感觉十分恶心。

史金捂着嘴巴，压抑着呕吐的欲望，"队长，这不过是一具尸体而已，你不要看得这么认真嘛！"

陆川面容冷峻地站起身来，"我们有麻烦了！之前GP说过，在这条'死亡长廊'里面居住着一支神出鬼没的丛林部落，这具被砍掉脑袋的尸体，应该就是丛林部落的杰作吧！"

一提到丛林部落，队员们都有些紧张起来。

马修斯拉着枪栓道："怕他个鸟，这些土著人打得过我们手中的武器吗？"

陆川说："可不要小看他们，你看这个死去的家伙，应该是反政府武装的士兵，你认为他的手中会没有武器吗？结果呢？还不是被砍掉了脑袋！所以我们不能掉以轻心，更不能轻敌……"

"你们到这边来看看！"不远处传来樱子的惊呼声。

众人举着火把走过去，他们惊讶地发现，原来这里不止一具尸体。在周围的树枝上面，还挂着十多具无头尸体。这些尸体也都穿着一样的迷彩军装。

安东尼分析说："这很可能是反政府武装的一支小分队，也许是出来执行任务，结果很不幸地碰上了丛林部落，结果全军覆没，无一生还！"

陆川看着这些尸体，冷冷说道："这样一支十几人的小分队，他们的火力应该是很强的，但是却全部遭了毒手，看来丛林部落的可怕程度远远超出了我们的想象！"

看着这一具具无头尸体，一种前所未有的紧张感仿佛一张无形的网，朝着队员们笼罩下来。

"队长，现在怎么办，我们要离开这里吗？"马修斯问。

陆川摇摇头，"晚上不能在丛林里冒险前进，倘若遇上丛林部落的话，伸手不见五指的丛林局势会对我们更加不利！挪个地儿，就在这附近重新宿营吧！"

阿洛点点头，"队长说的极是！丛林的夜晚是不能随便乱闯的，里面潜伏的危机是我们无法想象和预料不到的！"

队员们听从陆川的建议，开始收拾帐篷。这个时候，阿龙走过来，一脸欣喜地说道："我想我们不用这么麻烦了，我在前面不远处发现了一个挺大的树洞，我们可以住到树洞里面去！"

"真的吗？"队员们停下手里的活问道。

陆川说："带我过去看看！"

阿龙带着陆川和马修斯走了过去，那是一棵参天古树，树干非常粗壮，比周围的其他树木要宽大好几倍，就像一个伫立在丛林中央的高大巨人。茂盛的枝叶层层叠加在一起，远远看去，就像是一座恢弘的高塔。

许多粗壮的藤条根须从树枝上倒垂下来,像巨大的布帘,形成了奇特的景观。那些足有胳膊粗细的树根深深地根植在土地中,最长的树根甚至蔓延到了数十米开外的地方,如筋脉一样裸露在地表上。

马修斯惊叹道:"哇!这棵树还真够大的!"

绕过树干,可以看见侧面有一个宽大的树洞。树洞里面黑漆漆的,阴冷的风从里面倒灌出来,发出奇异的啸音,倏!倏倏!

马修斯说:"哟,这里还真是不错,可以避风挡雨,还可以抵御野兽的袭击,是一处落脚的好地方!"

"先别急着下结论!进去看看再说!一定要确保绝对的安全!像这样的树洞,也是猛兽喜欢的栖息之地!"陆川一边说着一边举起火把走进树洞。

树洞里很空旷,约有百平米,阴风阵阵,吹得火光忽明忽暗,空气中弥漫着一股潮湿的腐臭之气。

马修斯吸了吸鼻子,皱眉道:"这是什么味儿?"

阿龙说:"我怎么觉着有些像尸臭味呢!"

马修斯道:"别说,还真挺像的!这里该不会是一个乱坟岗吧?"

马修斯话音刚落,就听陆川说道:"你说对了,这里还真是一个乱坟岗!"

在火光的照耀下,三人都被不远处的景象惊呆了。

在这个树洞的中央地面上,重重叠叠地堆砌着累累白骨,如同一座小山,散发着浓浓的死亡气息。从这些白骨的大小形状来看,有人类的、有鸟类的、有鱼类的,也有某些大型野兽的。这里就像是一座坟场,不知埋葬了多少鲜活的生命。

如此诡异恐怖的画面,就连见惯了生死的陆川一行人,也震惊得说不出话来。

陆川举着火把四下晃了晃,只见周围的地面上洒落着斑斑血迹,由于血迹太多,已经和脚下的土地融在了一起。

马修斯脸色苍白,讶然道:"这里怎么会出现这么多的白骨?"

陆川道:"这里处处都充满了古怪,我感觉有些像是某种血腥的祭祀!"

阿龙道:"队长,你的意思是这些野兽啊、人啊,都是送进来的祭祀品?"

陆川点点头，面色凝重地说道："只是不知道他们祭祀的究竟是个什么怪物？"

"咦！那里挂着的是什么东西？"马修斯举着火把往左前方走了几步。

只见半空中悬挂着一张奇怪的"白布"，很大，呈网状，看上去晶莹剔透。

马修斯站在"白布"下面仔细看了一会儿，突然面色惨白地失声叫道："快！快离开这里！快离开这里！"

看见马修斯这般惊慌失措，阿龙忍不住问道："怎么了？你发现什么了？"

马修斯退后两步，使劲咽了口唾沫，涩声说道："我知道……我知道这些祭祀品都是送给什么怪物的，是送给大蛇的！一条很大很大的蛇！"马修斯指着那块巨大的"白布"，"你们知道这是什么吗？这是蛇皮！这是大蛇褪下的皮呀！"

阿龙脸色剧变，脱口骂道："妈的！敢情我们跑到蛇窟里面来了！"

得知树洞里住着一条可怕的大蛇，三人紧张地向后退去。

就在这个时候，只听劲风声响，火把上的火光呼呼呼地摇曳了好几下，一团巨大的阴影从树洞上方的黑暗中爬行下来。

当那团阴影出现在火光中的时候，三人倒吸了一口寒气，眼前出现的是比蟒蛇还要体长粗壮的蚺蛇。面前的这条蚺是有着黄绿色花纹的丛林蚺。这条丛林蚺奇大无比，体长近十米，身体比水桶还要粗，光是那颗脑袋看上去都有小车头那么大。它就像一个威风凛凛的王者，高昂着脑袋，虎视眈眈地看着面前这三个闯入它栖息之地的不速之客。

陆川三人怔怔地看着面前这个仿佛来自地狱的庞然大物。毫无疑问，这个树洞就是丛林部落的一个祭祀圣地，他们把这条丛林蚺当作"圣物"，对其顶礼膜拜，并且一直在奉献贡品来喂养它。

马修斯重重地啐了口唾沫，大叫一声："跑啊！"

三人掉转身子，逃命似地往树洞外面跑去。

丛林蚺被惊扰了睡眠，对这三个不速之客非常恼怒，再加上半夜醒来它也有些饥肠辘辘了，所以并没有打算放过这仨人，蛇身一扭，一下子蹿出老远，如疾风般追了上来。

不知道是不是由于太过害怕紧张脚下生乱，只听扑通一声，阿龙竟

第十章　圣物　◎

摔倒在地上。

"阿龙!"紧随其后的陆川突然停了下来,身后传来呼呼呼的劲风激荡声,他不用回头也知道,那条丛林蚺肯定已经追上来了。在这生死关头,陆川并没有选择独善其身,他一把将阿龙从地上拉了起来,然后使劲在阿龙背上推了一把,"快走!"

陆川这一推将阿龙送出了树洞,却把自己陷入了绝境——他已经没有机会逃出去了。

丛林蚺从后面冲了上来,犹如一列轰隆冲撞的火车,卷起的满天腥风,熏得陆川睁不开眼睛。

陆川凭借着灵敏的本能反应,双脚点地,竭尽全力地往边上掠了开去。虽然陆川的反应已经足够迅速,但还是被丛林蚺冲撞而来的罡风扫中后背。陆川只觉得后面仿佛挨了一记闷锤,身体猛地一颤,整个人不由自主地飞了出去。

砰!

陆川重重地摔在地上,连续翻滚了数圈,他挣扎着想要爬起来,却忍不住哇地吐出一口鲜血,眼前一阵发黑,继而又扑倒在地上,想要动弹却怎么也动不了。

丛林蚺扑了个空,并没有冲出树洞,而是掉转蛇头,再次朝着陆川扑了过来。

蛇嘴大张,露出寒光闪烁的锋利獠牙,猩红色的蛇信凌空胡乱翻飞,气势骇人。

眼看着那条蛇信距离陆川越来越近,然而陆川却像是死了一般,趴在地上一动也不动,在这千钧一发的关键时刻,马修斯带着刺客小组的兄弟们及时赶到,一行人冲到树洞口,拎着突击步枪,朝着丛林蚺猛烈开火。

哒哒哒!哒哒哒!

枪声在树洞里面来回激荡,震耳欲聋,惊醒了林中沉睡的飞鸟,那些野兔之类的小动物从草丛中探出头来,然后又低着脑袋跑开了。

子弹就像雨点般砸落在丛林蚺的身上,一朵又一朵血花飞溅而起,树洞里弥漫着恶臭的血腥味,刺鼻熏人。但是,丛林蚺虽然身中数弹,却好像没有受到太大的伤害。它的蛇鳞就像是厚厚的鳞甲,有些子弹甚至还被鳞甲弹飞开去,溅起耀眼的火花。

枪火显然激怒了丛林蚺，它放弃了对陆川的进攻，转而朝着树洞口的这群人扑了过来。

马修斯五指张开，厉声喝道："大家分散！让我们合力干掉这个怪物！"

众人迅速分散开来，在树洞里和丛林蚺展开了一场生死激战。

他们采用的是声东击西的游击战术，引得丛林蚺团团乱转。

阿龙冒着危险跑到陆川身旁，将陆川搀扶了起来，"队长！队长！你还好吧？"阿龙十分感激方才陆川的冒死相救，如果不是陆川拉他一把的话，他现在可能已经变成了一具白骨。

"呸！"陆川往地上吐了一口血水，露在外面的半边脸颊上布满了森冷的寒意。他从裤袋里拔出手枪，哗地拉了拉枪栓，然后朝着丛林蚺迎面走了过去。

砰！砰！砰！砰！

陆川杀气腾腾地迎向丛林蚺，一颗又一颗的子弹旋转激射而出，全部射向丛林蚺那两盏灯笼般大小的眼睛。

陆川的枪法奇准无比，两只幽绿色的蛇眼应声爆裂，飞溅出粘稠的黑色汁液。

痛失双眼的丛林蚺在地上胡乱地扭动打滚，把那些白骨都碾压成了齑粉，四处飞扬。

打光枪膛里的子弹后，只见陆川把枪一扔，然后从裤腿里拔出军刀，霸气凌厉地朝着丛林蚺疾驰而去。

所有人都愣住了，情不自禁地放下枪械，"队长……这……这是要做什么？"

呀！

陆川突然一声暴喝，整个人腾身跃起，伸脚在丛林蚺的脑袋上使劲一点，翻身跃上了丛林蚺的后背，傲立在蛇身的七寸之处。

失去双目的丛林蚺异常狂躁，它感觉到有人跳上了自己的后背，张口转头就朝着陆川咬了过来。

陆川侧身躲过丛林蚺的血盆大口，同时手腕一翻，将锋利的军刀竖着插进了蚺蛇的七寸要害。

丛林蚺要害受挫，忍不住嘶吼连连，那血盆大口就像怪物的嘴巴，十分骇人。

陆川一手紧紧抓着蛇鳞，不让自己掉下去，另一只手紧握军刀，一刀接着一刀，不断地往下扎落。不知道一连刺了多少刀，蚺蛇的七寸处被捅出数个血窟窿，鲜血汩汩地往外喷溅。

终于，这条威风一时、残害无数生灵的丛林蚺停止了动弹。

陆川慢慢站了起来，此时的他已经变成了一个血人，浑身上下都被蛇血浸染湿透了。他带着浓烈的杀气，凌空翻身，稳稳地落在地上。

队员们见状找来许多枯叶残枝，堆在丛林蚺的尸体上，然后和着那些白骨一起点燃。火光很快吞噬了丛林蚺，滚滚浓烟带着恶臭冲出来，映红了整个树洞。

第十一章　半路劫杀

破空声响此起彼伏，无数的毒箭从四面八方向克里斯激射而来。克里斯的脸上始终带着平静的笑意，他的身体缓缓倒下，两根手指松开了保险栓，两缕白烟从他的指缝中升腾而起，发出嗤嗤的声音。

经过这一场激战，队员们睡意全无，谁也无法在这阴森诡秘的树林里面安心睡下去。

大家围着火堆坐了下来，有的拨弄着篝火，有的把玩着手里的枪械，还有的嘴里叼着一根野草在发呆。

陆川用傍晚时候盛装的清水洗了个澡，冲掉身上的腥臭味。洗完澡之后，陆川也在火堆边上坐了下来，和队员们分析目前的状况。

陆川说："基本上可以肯定的是，那些丛林部落人把丛林蛐作为了'圣物'来祭祀！"

"圣物?!"队员们疑惑地看着陆川。

GP赞同地点点头，"很多部落都有自己的'圣物'。他们认为'圣物'是他们的庇护神，能够保佑他们风调雨顺、幸福平安！"

史金道："听上去还蛮有道理的！不过我真的很难理解，这些丛林部落人居然会把如此恐怖的丛林蛐当作'圣物'来祭祀！"

安东尼把军刀放在火上烤得通红，然后用富含油脂的树皮来回擦拭着，"不好！"安东尼突然放下军刀，面容肃穆地说道："我们得马上离开这里！"

贝姆道："一惊一乍的，你发什么神经呢？这大半夜的我们能往哪里走，出去要是再碰上一条丛林蛐什么的，你能对付吗？"

安东尼道："笨蛋！你想想，如果这条丛林蛐真是丛林部落的'圣物'，而我们却杀死了他们的'圣物'，一旦被丛林部落人发现了，那我们的处境岂不是很危险？"

一语点醒梦中人，队员们纷纷开始担忧起眼前的处境。

史金说："依我看，夜晚赶路太危险了，弄不好这附近还有丛林部落布下的陷阱！再说，现在天色都已经黑了，丛林部落人也不会大半夜地跑到这里来祭祀。我看还是等到天亮再走也不迟！"

"队长，给点建议吧，你怎么不说话？"马修斯推了推身旁的陆川。

陆川拨弄着面前的篝火，"丛林部落人世代在这里生存，对于丛林，他们比我们熟悉十倍百倍。丛林就是他们的天下，他们可以随时借助复杂的环境来猎杀我们，他们才是真正的丛林霸主！"

"队长，那……那照你这么说，我们现在应该怎么办？"队员们把目光投向陆川。

陆川想了想，"依我看，还是按照史金的提议，大家留在宿营地里面待一宿。丛林里面伸手不见五指，有潜伏的野兽、毒蛇、丛林蚺，可能还有地雷以及丛林部落人设下的各种陷阱。在丛林里赶夜路确实是一件危险的事情，我们还是等到天亮再离开吧！"

众人都觉得陆川的分析很有道理，便各自留在原地休息，等待着黎明的来临。

想睡又不敢睡，枯坐着也不是办法，漫长的黑夜对疲惫了一天的队员们来说，实在是一种煎熬。

百无聊赖之下，队员们各自找乐子消磨漫长的时光。

史金将一把子弹倒在地上，然后随便抓了几颗在手里，要马修斯猜单数还是双数，贝姆和阿龙围拢上来在旁边下注，四人玩得不亦乐乎。少言寡语的安东尼坐在那里，把玩着手中的军刀。樱子削下一块鳄鱼皮，做成护腕套在手上。克里斯趴在地上，津津有味地看蚂蚁运送食物。GP抱着手提电脑研究着什么新程序。路飞咬着一根草茎躺在地上，翘着二郎腿发呆。阿洛怀抱着狙击枪，侧身躺在火堆旁边，不知道在想些什么。陆川双手枕在脑后，依靠着一棵树干，嘴里哼着歌，各种思绪就像金戈铁马般闯入平静的心境。

不知过了多久，只听阿洛嘘了一声，神情紧张地回头对大家说道："大家安静！"

陆川见阿洛表情有异，立马低声问道："怎么了？"

阿洛把耳朵贴在地上，仔细聆听了一会儿，脸色凝重地说道："有脚步声往这边来了！"阿洛以前经常在山中打猎，练就了听声辨位的非凡本领。

众人一下子安静下来，下意识地握紧了手中的武器。

"是野兽吗？"马修斯问。

阿洛摇了摇头，"是人！"

马修斯诧异道："你的意思是有人往这边来了？"

阿洛肯定地点了点头，"没错！从脚步声听上去，对方大概有十来个人！"

"是丛林部落的人吗？"队员们开始紧张起来。

马修斯说："也有可能是反政府武装的士兵，他们外出寻找之前失踪的战友！"

陆川道："不管是丛林部落还是反政府武装，他们都是我们的敌人！

刺客小组所有人听令，进入一级战斗状态，寻找地方隐蔽！"陆川伸出右手，张开五指，做了个分散的手势。

队员们背上各自的战斗背包，迅速消散开去，在四周隐蔽下来。

陆川闪身躲到大树背后，背靠着粗壮的树干缓缓蹲了下来，将身形藏匿在黑暗中。

四周很安静，营地里的篝火噼里啪啦地燃烧着。

片刻之后，在火光的照映下，一群身穿兽皮的人从树林里面走了出来。

他们留着光头，头上贴着彩色鸟毛，脸上画着图案。他们身材矮小，皮肤黝黑，上身打着赤膊，下身围着兽皮做成的裙子，光着脚丫。每个人的腰间都别着一把乌黑发亮的斧子，有些人的斧子上面还带着血迹。

陆川心中微微一惊，莫非他们就是丛林部落的人？

这群人全是清一色的壮年男子，和阿洛说的一样，有十多人。其中有好几个人的手中拎着一个口袋，里面不知装着什么活物，在口袋里胡乱挣扎着，隐隐有血迹从口袋下面渗透出来，滴滴答答地落在地上。

这群人看见燃烧的篝火，好奇地走进营地，然后叽里咕噜地交谈起来。

陆川虽然听不懂他们的语言，但是从他们的表情可以看出，这群人显得有些愤怒，可能是认为有外人入侵了他们的地盘。

不过这群人仿佛有什么事情要做，只是在营地里逗留了片刻，便急匆匆地拎着口袋往树林的另一边走去。

陆川发现，他们所去的方向正是丛林蚺所在的那个树洞。

陆川突然明白过来，这群人应该是捕捉了猎物之后，来到这里喂养丛林蚺。

只是不知道等到发现他们的"圣物"已经被烧成焦炭之后，会有怎样的反应。

"队长，他们走了！"史金说。

陆川道："现在还不能出去，我猜那群人很快就会折返！"

果然不出陆川所料，仅仅过了不到十分钟，那群人便回到了营地。只见他们杀气腾腾，拔出利斧在营地里面四处搜寻，一个个怒吼咆哮，表情格外狰狞。

这群人的咒骂声不绝于耳，并用篝火烧毁了陆川他们的两顶帐篷，然后一群人围着燃烧的帐篷又唱又跳，还不断吐着口水，表现出极其憎恨的样子。

片刻之后，这十多个人聚集在一起，不知道交头接耳说了些什么。带头的那个人年纪稍大，他抽出利斧，情绪激动地叫喊了几声，像是在发号施令。然后那些人同时呼喊了一声，四下散开，开始搜寻营地周边的草丛。

看来这群人并不愚笨，看见营地里搭着帐篷燃着篝火，知道"凶手"没有跑远，所以开始四处搜寻。他们挥舞着利斧，将荆棘野草劈砍得四散飞溅。

只听嚓嚓声响，有两个人往大树后面走了过来。史金有些紧张地望了陆川一眼，"队长，他们往这边来了！"

陆川从裤腿里慢慢抽出军刀，五指紧握，低声说道："是福不是祸，是祸躲不过！今晚一场恶战在所难免了，准备动手吧！"

史金点点头，轻轻打开手枪的保险。

脚步声渐渐逼近，史金和陆川对望了一眼，然后一左一右，犹如猎豹般朝那两个人扑了出去。

那两个人猝不及防，不等他们反应过来，陆川已经将军刀插入了左边那人的心窝。右边那人惊呼着就要抡斧砍下，史金抬起手腕，近距离对着他连开两枪。

枪声惊动了他们的同伴，那些人瞪红了眼睛，嗷嗷怪叫着扑了过来。

看着杀气腾腾围拢上来的人，史金大喊一声："兄弟们，动手！"

哒哒哒！哒哒哒！

两条火龙从后面的草丛中喷射出来，瞬间放倒了好几人。

砰！

巴雷特M82狙击步枪发出野兽般的怒吼，一条耀眼的火线从附近的一棵树枝丛里飞射而出。那个带头人的脑袋应声爆裂，扑通栽倒在地上。

扑通！扑通！

在队员们的包围合击之下，那些手持利斧的人在刺客小组的队员面前根本没有丝毫战斗力，还没回过神来，就已经相继倒毙在地上。

短暂的枪声过后，四周又变得安静下来。

队员们从营地四周的草丛中走了出来。

马修斯啐了口唾沫，踢了踢脚下的一具尸体，"还以为这个丛林部落有多厉害呢,原来也不过是一群草包!"

史金挠着脑袋道:"队长,你教我们的那句话怎么说来着?班门弄斧是不是?"

陆川道:"不要乱用成语,这词放在这里不恰当!"

"嘿嘿!"史金挠着脑袋,不好意思地笑了笑。

马修斯奇怪地看着阿洛,只见阿洛蹲在地上,仔细查看着这些尸体,一言不发。

马修斯拍了拍阿洛的肩膀,"你找什么呢?"

阿洛站起身来,摇晃着脑袋道:"不对!不对!"

"什么不对?"马修斯被阿洛搞糊涂了。

阿洛指着地上横七竖八的尸体说道:"刚才我在狙击枪的瞄准镜里面数了数,一共有十六个人,但是现在却只有十五具尸体!"

"你的意思是有人跑掉了?"陆川走了过来。

阿洛点点头,"对!有一个人跑掉了!"

陆川沉吟道:"这下可麻烦了!"

"有什么麻烦的!"马修斯不以为然地说:"跑了就跑了呗,算他命大!"

陆川正色道:"你想得太过简单了!如果把他们全部消灭在这里,也许我们接下来的路程还会相对安全一些。但是现在,却有一条漏网之鱼。我们杀了丛林部落的'圣物',还杀了十多个人,你觉得丛林部落在得知这样的消息之后,会轻易放过我们吗?"

阿洛道:"我持悲观态度,我想丛林部落一定会集聚全族的力量找我们报仇!"

陆川把问题这么一说,马修斯也有些讶然了,"看来我们惹上大麻烦了!"

阿龙站出来,面有愧色地说道:"哎!整件事情都怪我,都是我引起的,要不是我发现了那个树洞,接下来的所有事情都不会发生了!"

陆川拍了拍阿龙的肩膀,"无须自责!该来的终究会来,和你没有关系!"

"好啦好啦!"史金摆摆手道:"事情都已经发生了,要是丛林部落人胆敢找我们报仇,那就让他们放马过来吧!哼哼,看我们的子弹不打得他们抱头鼠窜!"

"马修斯!"陆川叫道。

"在!"

陆川说:"你带两个兄弟去挖个大坑!"

"挖坑做什么?"马修斯不解地看着陆川。

陆川指着地上的尸体说道:"把这些人埋了吧!"

"啊?!"马修斯费解地说道:"不是吧队长,我们干嘛浪费精力在这种事情上面?他们又不是我们的战友,他们是我们的敌人!"

陆川道:"这些人说到底跟我们也没有深仇大恨,死得也有些冤枉。我们就当作做善事,要是让这些尸体曝露在这荒郊野岭的地方,过不了两日就会被野兽鳄鱼啃噬干净!"

陆川的命令就是铁令,谁也不会违抗。

马修斯带上阿龙和阿洛,找到一处松软的地方,捡来坚硬的树皮削成铲子的形状,几人通力合作,很快挖了一个大坑。然后把这些尸体放入坑中,重新覆盖上泥土。等忙完这一切,天色已经蒙蒙亮了。

"终于天亮了!"马修斯伸了个懒腰,筋骨发出啪啪声响。

史金带着贝姆重新打来一些清水,队员们简单地洗漱了一下,把剩下的鳄鱼肉烤着吃了,补充好体能,准备迎接新一天的挑战。

日升月落,虫鸣鸟叫,原始丛林里面的生灵又开始了新一天的生活。

太阳升起来,丛林很快又变成了一口冒着蒸汽的大闷锅。

半天的时间过去了,陆川让 GP 调出卫星地图看了看坐标位置,距离反政府武装的基地还有差不多两天的路程。

临近正午的时候,刺客小组停下来,找了块阴凉的地方稍作休息。连续不停地赶了半天路程,队员们全都累得满头大汗。克里斯一个人往后面的草丛走去。

"你去干嘛?"马修斯问。

"去撒泡尿!队伍中不是有女士么?难道在这里尿?"克里斯瞥了一眼樱子,咧嘴笑了笑。

"去去去!"樱子挥挥手,白了克里斯一眼。

克里斯吹着口哨,背影晃了两下,消失在草丛后面。

不知名的鸟雀在枝头叽叽喳喳地叫着,山风微醺,带着些许野花的香味。这个原本宁静祥和的午后,却被突如其来的惨叫声给打破了。

第一滴血

"啊——"

叫声惊动了所有人,队员们迅速从地上爬起来,手中的枪械在第一时间全部上膛。

"是克里斯!快!去看看发生什么啦!"马修斯往草丛那边一指,一马当先跑了过去。

拨开草丛,只见克里斯侧身躺在一个土坑里面,右腿血淋淋的一片,上面套着一个锋利的捕兽夹。克里斯抱着自己受伤的右腿,不断发出撕心裂肺的嚎叫,脸上的表情极其痛苦。

陆川面色一凛,"这是一个陷阱!所有人戒备!"

八名队员朝着东南西北四个方向迅速分开,每两人为一组,举着枪械向前推行了十几米,然后背靠背站定,密切监视着周围的一切动静。陆川、马修斯以及史金三人准备把克里斯拉上来。

马修斯和史金小心翼翼地走到土坑边上,确定周围没有别的陷阱之后,迅速滑入坑中,两人一左一右地架着克里斯,将他从陷坑里拖了出来。

"啊——啊——啊——"克里斯抑制不住痛苦,疼得冷汗长流。

"嘘!嘘!嘘!"陆川按住胡乱挣扎的克里斯,"冷静!冷静下来!对!深呼吸!深呼吸!"

在陆川带着命令口吻的劝慰下,克里斯渐渐停止了叫喊,他死死地咬着牙关,胸口剧烈起伏着,一张脸惨白如雪。

"先把捕兽夹取下来!"陆川冲马修斯扬了扬下巴。

马修斯蹲下身来,双手握着捕兽夹,猛地一发力,将沉重刚硬的捕兽夹从克里斯的腿上摘了下来,鲜血顿时喷溅出来。

"这里怎么会有捕兽夹?"马修斯啐骂道。

史金摸着下巴道:"应该是丛林部落布下的,这么说来,这附近肯定有丛林部落人活动!"

陆川点点头,不置可否,"提醒兄弟们,让大家警惕一点!"

陆川拔出军刀,小心翼翼地划开克里斯的裤脚,让他的伤口曝露出来。

克里斯捂着脸不敢面对,他颤声问:"队长……队长……我的腿……我的腿还能保住吗?"

陆川叹了口气,带着沉重的心情说:"小腿骨已经被捕兽夹完全咬碎了，可能保不住了！"

说出这句话的时候，陆川的心也跟着狠狠一颤，他知道，这样的结果对于一个士兵来说意味着什么。

"什么？！"克里斯突然睁开眼睛，失声尖叫起来："噢！天呐！不！不！我的腿！我的腿呀！"他紧握着拳头，疯狂地捶打着地面，宣泄着内心的痛苦和悲愤。

看着克里斯断折变形的腿，史金和马修斯的心里也很难过，拍了拍克里斯的肩膀。正在他们把克里斯架起来，准备转移到安全的地方时，忽听咻的破空声响，一支利箭从远处的丛林中旋转激射而出，从马修斯的胸口前飞过，嚓地钉在了一棵大树上。

哒哒哒！

枪声响了起来，有队员在大声叫喊："丛林部落！是丛林部落的人！"

陆川心中一凛，快步走到树干前面，将那支箭拔了下来。

只见利箭长约半米，箭尾插着两片控制平衡的翎毛，箭头包裹着锋利的铁皮。铁皮泛着幽幽的冰蓝色，应该是淬过剧毒。

只听咻咻声响，四面八方都有利箭激射而来。

陆川冲着队员们大叫："箭上有毒！大家躲避！躲避——"

话音未落，两支利箭一前一后接连飞射而来，陆川飞身扑倒在地，迅速贴地往边上一滚，顺势闪身到树干后面。

耳畔传来呼呼风响，两支利箭擦着树皮飞了过去，陆川暗自捏了把冷汗："好险！"

陆川端起 M16 突击步枪，用力拉了拉枪栓，发出清脆的咔咔声。他依着树干站起来，悄悄探出半边脑袋，迅速扫视了一下四周的情况。

只见四周的草丛都在窸窸窣窣地晃动着，至少有上百条人影正朝着这边包围上来。

陆川微微一惊，他没料到丛林部落竟然会出动这么多人，看来这场冤仇是无法化解了。

那些丛林部落人的手中虽然没有现代化的武器，但是他们骁勇善战，非常熟悉丛林环境，再加上他们的利箭上面都涂抹着毒药，要是与他们正面发生冲突的话，刺客小组可能占不到上风。

权衡利弊之后，陆川决定避开这场无妄之灾，因为他不想看到有队员长眠于此。

"撤退！刺客小组所有人听令，撤退！"陆川发出了撤退命令。

哒哒哒！哒哒哒！

众人边打边退，将试图冲上来的丛林部落人压制了回去。

马修斯和史金把躺在地上的克里斯架了起来，陆川闪身来到他们前面，三人组成了一个品字阵型，迅速向外突围。

前方草丛中突然露出了一个脑袋，那是一张涂抹了纹路的"鬼脸"，他已经拉满弓弦，想要偷袭陆川他们。

陆川眼疾手快，唰地举起突击步枪，一个精准的点射，一颗子弹没入了那个丛林部落人的脑袋。

就在这个时候，只听一声怪叫，一个丛林部落人手持利斧从一棵低矮植物后面扑了出来，抡起锋利的斧子削向陆川的脑袋。

"队长，小心！"马修斯惊呼出声。

陆川举起双臂，把突击步枪横置在头顶上，架住了当头劈来的利斧。

当！

枪身飞溅起一团火星，陆川的虎口微微发麻，突击步枪差点脱手飞了出去。

砰！

陆川飞起一脚，正中这个丛林部落人的腹部，将他踹得向后飞了出去。不等这个人从地上爬起来，陆川掉转枪口，对着地上扫去一梭子弹。

刺客小组依仗着威力强大的现代化武器，迅速把丛林部落人的包围圈撕开了一个缺口，顺利突围而出。

但是那些丛林部落人并没有放弃，他们不紧不慢地跟在刺客小组身后，死死咬着不放。

咻！咻！咻！

不断有毒箭从后面激射而来，要不是依仗着复杂的丛林地形，刺客小组的队员们只怕都被射成刺猬了。

嚓！嚓！嚓！

毒箭一支接一支地插在树干上，入木三分，翎毛嗡嗡颤抖。

那些高大的树木和茂密的野草丛，虽然阻碍着队员们的逃跑脚步，却也帮助队员们阻挡着后面的危险。

"这些家伙怎么就跟幽灵似的，穷追不舍呀？"史金破口大骂，汗水顺着他的脸颊滚滚落下。

马修斯停下脚步，左手搀扶着克里斯，右手端着突击步枪，回身扫了一梭子，将紧跟在后面的两个丛林部落人逼停脚步。

在丛林里奔跑，刺客小组确实不是丛林部落人的对手，那些人很快就追了上来。但是丛林部落人忌惮刺客小组队员们手中的现代化武器，只是紧跟在不远处，时不时地放一支冷箭，并不靠近。

呀！

史金突然惊呼一声，脚下一空，整个人陷了下去。原来他的脚下竟有一个高约三米的陷坑，坑下面倒插着许多削尖的木桩——应该是一个用来猎捕大型野兽的捕兽坑。

幸好史金眼疾手快，临危反应也足够敏捷，在他掉下捕兽坑的一瞬间，闪电般伸出双手，一下子攀住了深坑边缘，悬挂的身子倾斜着晃荡了两下，并没有掉下去。前面的陆川见状，回身扑过来，一把抓住了史金的手腕。在陆川的帮助下，史金使劲蹬踹了一下坑壁，气喘吁吁地从鬼门关爬了回来，趴在地上一个劲地喘着粗气。

哒哒哒！哒哒哒！

马修斯用火力压制着试图冲上来的丛林部落人，焦急地说道："队长，怎么办，那些家伙快要把我们围住了！"

陆川咬咬牙，伸手扶起史金，"起来，我们走！"

刚跑了没有两步，后面传来马修斯的怒吼声："克里斯，你做什么？你给我起来！"

克里斯坐在捕兽坑边上，使劲甩开马修斯的手臂，大声说道："不要管我了，你们快走吧！我的腿断了，我走不了啦！你们要是带着我这个拖油瓶，你们也跑不掉的！"

马修斯瞪红了眼睛，"我们是兄弟，我们是一个团队，我不能把你丢下！"

"走！"克里斯突然从裤腿里拔出军刀，将军刀架在自己的脖子上，用威胁的口吻嘶哑着说道："你若再敢拉我，信不信我立刻死在你面前！"

队员们纷纷停下脚步，围拢过来，"克里斯，你疯啦？你在做什么？"

克里斯坐在地上，重重地叹了口气，目光迅速在队员们的脸上扫了一遍，"更加残酷的战斗还在后面，我走不了啦，真的走不了啦！我只会成为你们的累赘，在这枪林弹雨的战场上，你们无法一直带着我！我不想拖累大家！"

克里斯的眼眶泛红了，他抿了抿嘴唇，冲着陆川大叫道："队长，你快带兄弟们走呀！快走呀！算我求你了，行吗？"

众人沉默着没有做声，每个人的心里都如同刀绞般的难过。

队员们朝夕相处，彼此之间犹如亲人一般，现在要让他们丢下自己的亲人，这是一件多么艰难的事情！尽管大家都知道克里斯说的很在理，但谁也无法狠下这个决心。

克里斯将刀锋往自己的脖子上压了压，"走啊！别站在这里看着我！"

"克里斯，你……"马修斯还想说点什么，却被陆川一把拉住了。

"现在我命令刺客小组全速撤退！"陆川咬咬牙，带头转身疾奔而去。

谁也无法知道，陆川此时的心里有多么的疼痛。他曾经发誓不在战场上丢下任何一个兄弟，但是现实就是这么残酷，很多承诺是你没法做到的。

看着兄弟们一个个从自己的身旁掠过，克里斯的眼泪终于止不住流了下来。他抬头望着天空，茂盛的枝叶遮挡了苍穹，只能透过它们之间的缝隙看见外面的阳光，微微有些刺眼，无数的光圈在他的头顶上飞舞盘旋。

也不知道过了多久，四周传来沙沙的脚步声，数十名丛林部落的追兵从树林里钻了出来，形成一个包围圈，慢慢缩紧。他们穿着兽皮，举着弓箭，脸上的图案看上去非常恐怖。他们一步步朝着克里斯逼近，手指头紧紧拉着弓弦，箭头泛着幽冷寒光。

克里斯选择留下来时，心里早已做好了迎接死亡的准备。

"来啊！你们这些野蛮的混蛋！来啊！一起上吧！"

克里斯冲着围拢上来的丛林部落人大声咆哮着，然后他把双手插进兜里，掏出了两颗手雷。他的手指轻轻一动，嗒地拨开了手雷的拉环，两根手指按在保险栓上面。此时此刻，他只需要轻轻一松手，两颗手雷的威力足以把这里所有的人送上西天。

那些丛林部落人也许并没有搞清楚眼前的状况，他们依然朝着克里斯慢慢逼近，眼神中闪烁着冰冷的杀机。

对于入侵这片丛林的外敌，丛林部落人是绝对不会心慈手软的。

咻！

走在最前面的那个人松开手指，一支冰冷的毒箭旋转着刺破空气，唰地穿透了克里斯的心窝。由于距离很近，箭矢的冲击力非常大，闪烁着寒芒的箭头从克里斯的后背透出来。

"咻！咻！咻！"

破空声响此起彼伏，无数的毒箭从四面八方向克里斯激射而来。克里斯的脸上始终带着平静的笑意，他的身体缓缓倒下，两根手指松开了保险栓，两缕白烟从他的指缝中升腾而起，发出嗤嗤的声音。

几秒钟之后，猛烈的爆炸声响彻丛林。两颗手雷同时爆炸，爆炸产生的火焰瞬间把四周的丛林部落人全部吞没。

硝烟散尽，丛林又归于寂静。

爆炸声响起的时候，陆川他们已经在数百米开外的树林中。

听见爆炸声响，队员们情不自禁地停下脚步，回头张望爆炸的方向。

陆川的心狠狠颤抖了一下，他又想起了两年前，曾经也有一个队员，用同样的方式保护着他们的撤离。

"敬礼！"副队长马修斯声如洪钟，率先举起右手，敬了一个庄严的军礼。

所有人都举起右手，久久不愿意放下，这是对一个战士最庄严最崇高的送别！

第一滴血

第十二章 夜　袭

　　GP一张脸憋得通红,他竭力仰着脑袋,让鼻孔露出水面,发出沉重的喘息声。但令人奇怪的是,他就保持这个姿势站立在水中,一动也不动。

第十二章 夜袭

也许是手雷的爆炸震慑了丛林部落人，让他们意识到了斧头弓箭与现代化武器的差异，至此以后，刺客小组在丛林里整整行走了两天两夜，再也没有一名丛林部落人追上来。

经过两天的行军，刺客小组于第三天天明时分抵达了距离反政府武装基地最近的一座山。只要翻过这座山，就能直插敌人的腹背。

GP从背包里取出手提电脑，经过一番卫星定位之后，确定反政府武装基地就在山头下面。

站在山巅，脚下一片氤氲的雾气，白茫茫的，什么也看不见。山崖边上云浪翻涌，如同白色的海浪，层层拍打着崖边。

"大家原地休息，等天黑之后再下山！"陆川说。

这两天来，刺客小组一直在急行军，休息的时间非常少，大家轮流守夜，高度谨慎，一个安稳觉都没有睡过。

此时此刻，紧绷的神经终于松弛下来，众人都感觉到身心俱疲，就是铁打的身子骨都有些吃不消了。在附近探查一番，确定安全之后，十一名队员各自寻了一个阴凉处躺了下来。

丛林里很安静，伴随着淡淡的野花香，在暖暖的晨曦中，他们酣然入睡。一觉醒来，已近黄昏。夕阳将山巅涂抹成了绯红色，一群群倦鸟啼叫着从天边飞回山头。

队员们仔细检查整理装备之后，阿洛和阿龙两人从树林里面捕捉了几只叫不出名字的肥大野鸟，众人找来一些枯枝灌木，燃起了一堆篝火。不一会儿，焦嫩的肉香就飘荡出来，令人食欲大开。

大战临近，气氛忽然变得有些沉重，每个人都低着脑袋吃东西，沉默着，各自想着心事。

火堆噼里啪啦地燃烧着，陆川突然伸出拳头，放在火堆上面，大声说道："兄弟们，打起精神来，为了我们失去的亲人，为了我们失去的家园，这一战我们必须胜利！"

"是啊！"马修斯也伸出拳头，心潮澎湃地说道："为了这一天，我已经等待很久了！"

史金点点头，伸出了油腻腻的拳头，"我们历经了那么多的艰难险阻，就是为了今天与反政府武装决一死战！我要报仇！我要为我死去的家人报仇！"

沉默的气氛很快被调动起来，队员们的眼中都燃烧着仇恨的火焰，

第一滴血

十一只拳头抵撞在一起，十一名战士同时高喊："决一死战！呼哈！"

天色逐渐黑了下来，陆川用沙土覆盖了火堆，"兄弟们，战斗开始了！"

一行人来到山崖边上，脚下黑漆漆的一片，什么也看不见，反而让人产生一种相对安全的错觉。十一名队员就像十一只大壁虎，贴着陡峭的山壁，小心翼翼地往下滑移。

没有人说话，夜晚的风很冷，众人的背心都溢满了热汗，被山风一吹，只觉一阵阵透心凉，虽然难受，却刺激着神经，令人更加清醒。

山壁非常陡峭，队员们都使出了浑身解数，不敢有丝毫松懈，每下滑一步，都非常小心谨慎。要是从这山壁上跌落下去，只怕是粉身碎骨，连尸体都别想找回来了。

一路有惊无险，翻过这面陡峭的山崖足足用了近两个钟头。

安全抵达陆地之后，每个人都像散了架似的，瘫软在地上无法动弹。即使是戴着战术手套，他们的手指也都磨出了血泡。

夜浓如墨，草丛里传来阵阵虫鸣，更添沉寂之感。

这一个普通的夜晚，却因为刺客小组的到来而变得不再普通。

众人从背包里取出备用清水喝了一些，在野草丛中休息了好一会儿，才慢慢缓过神来。

等到体力恢复得差不多了，陆川做了个手势，队员们纷纷取出夜视镜和无线通话耳麦戴上。

戴上夜视镜之后，瞳孔里所看见的是一片幽绿色的景象。

陆川招了招手，一行人猫着腰在草丛中小心翼翼地快速穿行。

往前推进了不到一百米，耳畔传来哗啦啦的流水声，夹带着阵阵潮湿的水汽。

阿洛爬上一棵大树观察了一会儿，回来向陆川报告道："前方约莫二十米有一条小河。"

"贝姆、路飞，你们去前面看看！"陆川扬了扬下巴。

"是！"贝姆和路飞应声而出，朝着前方的小河快速摸了过去。

片刻之后，无线耳麦里传来贝姆和路飞的声音："报告队长，一切安全！"

确保前方安全之后，陆川带着队员们跟了上去。

众人在河畔的草丛中蹲下身来，陆川轻轻拨开草丛，瞪大眼睛看向对岸。

小河并不算宽，跨度三四十米，这里地势平坦，所以水流也比较平缓。

对岸有一座兵营，规模不大，四周用铁丝网筑了一圈围墙。

北面立着两座高高的哨岗，就像两个高大的卫兵伫立在黑暗中。哨岗上面有两盏探照灯，两道耀眼的白色光束在营地四周交叉晃动，把周围映照得一片雪亮。

借着光束可以看见，营地东面还有一座高大建筑，从外形上看很像是一座仓库。

西面是一个较为宽敞的底坝，坝里停着几辆深绿色的军用卡车。

而南面，也就是正对着河岸的这一面，则是宿营地，搭建着十多顶帐篷。多数帐篷里面的灯光都已经熄灭，在这种荒郊野外，士兵们也没有什么娱乐活动，天黑了就只有睡觉。剩下两三顶帐篷的灯还亮着，就在陆川观察的时候，又有一顶帐篷里的灯光熄灭了。只有靠最东面的两顶还亮着灯光，帐篷上面有人影晃动，这些人影频频举起手臂，应该是在喝酒。

阿龙疑惑地问："看这个兵营的规模，不太像是反政府武装的基地吧？"

陆川缩回脑袋，沉吟道："从地理位置上来看，这座兵营很可能是反政府武装的后方哨所，看来反政府武装的头目还是非常谨慎细密的。"

马修斯皱着眉头暗骂道："妈的！看样子还得费上一番周折了，要想前往反政府武装基地，就得先拔了眼前的这座哨所才行！"

"而且还要做到悄无声息，不能打草惊蛇。"陆川点点头，面色凝重地说道，"如果惊动了反政府武装基地，我们这次的突袭任务就算彻底失败了。到时候会有比我们多出十倍甚至百倍的敌人把我们围困在这里，我们可就叫天天不应叫地地不灵了！"

"队长，你说该怎么弄吧！"史金往手心里吐了口唾沫，一副摩拳擦掌、跃跃欲试的样子。

马修斯按住史金的肩膀，带着不容抗拒的口吻沉声说道："不要轻举妄动，听候队长的安排！"

作为刺客小组的队长，陆川是整支队伍的大脑，所以从某种意义上来讲，陆川的作战计划直接决定着这场战斗的成败，同时也决定着队员们的生死，陆川自然不敢有半点马虎。

思索片刻之后，陆川开始部署这次的作战计划："为了避免打草惊蛇，今晚的行动一定要在非常秘密的情况进行，我们不能与敌人正面交火，只能暗攻。此时大部分的敌人都已经入睡了，我们只需潜入帐篷，悄无声息地干掉他们即可！"

顿了顿，陆川继续说道："整个行动其实不难，最关键也是最棘手的地方在于那两座哨岗。经过我刚才的观察，哨岗上的两盏探照灯是有规律的，平均每十五秒钟左右会交叉晃动一次，每次晃动的时候，整座兵营里的一举一动便会完全暴露在强光下，所以我们必须抓住那短暂的十五秒钟！"

队员们点点头，不由自主地攥紧了拳头，认真听着陆川的嘱咐。

"待会儿我们先武装泅渡到对岸，这里水势平缓，应该不是很深。到了对岸的草丛之后，我们抓住十五秒的间隙时间潜入兵营。对面一共有十二顶帐篷，其中有两顶帐篷里面还亮着灯，不要贸然下手，我们先干掉其余十顶帐篷里的敌人，明白了吗？"陆川问。

"明白！"所有队员轻声而坚定地回答。

"好！现在开始渡河！"陆川说。

虽然突击步枪在进水之后还能继续射击，但是为了保证枪支的安全性，以及避免可能出现的炸膛危险，队员们还是选择把武器小心翼翼地收起来，装在具有极强防水性能的战斗背包里面。

等到所有人都准备完毕后，陆川轻轻招了招手，十一名队员沿着潮湿的滩涂匍匐前进。他们迅速爬到河边，然后深吸一口气，无声无息地潜入水中。

此时，在哨所里面酣然入睡的反政府武装士兵们，大概做梦都没有想到，一群要命的"幽灵"正朝着他们慢慢逼近。

跟陆川估计的一样，这条河并不深，最浅的地方不到两米，最深的地方也就四五米。河面宽度不到五十米，这样的距离，队员们很快就到了对岸，浑身湿漉漉地从水里爬起来后马上匍匐在半人高的草丛中。

陆川回头看了一眼，突然脸色一变，低声说道："怎么少了一个人？"

马修斯心中一惊，迅速清点了一下人数，果真少了一个人。

黑灯瞎火的也不知道落下了谁，马修斯只得低声命令道："报名！"

第十二章 夜袭

"史金！"
"阿龙！"
"安东尼！"
"樱子！"
"高达！"
"贝姆！"
"路飞！"
……

"是 GP！GP 没有跟上来！"马修斯第一个反应过来。

"我去看看！"陆川心中一紧，GP 不会发生什么意外了吧？

陆川重新潜入水中，游了没有多远，突然看见一颗脑袋在水面上浮浮沉沉。

陆川迅速向那颗脑袋靠近，一眼看去，正是 GP。

GP 一张脸憋得通红，他竭力仰着脑袋，让鼻孔露出水面，发出沉重的喘息声。但令人奇怪的是，他就保持这个姿势站立在水中，一动也不动。

"GP，你在做什么？"陆川压低声音，诧异地问。

GP 吐了两口唾沫，气喘吁吁地说："队长，这下面有……有水雷。"

"什么?！"陆川猛然一惊，没想到敌人竟然如此狡猾，在这条看似普通的小河里埋下了水雷，真是百密一疏，居然没有想到这一点。

GP 说："我不敢移动身子，只要我的脚稍稍移开，脚下的水雷就会从河底的淤泥中浮起来爆炸，那样势必会惊动敌人！不能因为我一个人，而破坏了整个作战计划，连累了大家！刚才你们都在水下，我也不敢大声呼救，所以只得默不作声地站在这里，这个姿势好难受啊！"

陆川回头看了看黑漆漆的哨所，安慰 GP 道："兄弟，坚持一会儿，等我们拔掉这座哨所再回来救你！现在救你，水雷势必会爆炸，所以还得请你委屈片刻！"

"队长，放心吧，我……我坚持得住！"GP 勉强挤出一丝笑容。

陆川抿了抿嘴唇，迅速回身游到岸边。

"怎么回事？找到 GP 了吗？"马修斯问。

陆川叹了口气："河里有水雷，GP 踩到水雷了，我们先拔掉这座哨所，待会儿再回头救他！"

"啊?!"对于 GP 的遭遇，众人都流露出惊讶和同情的神情。

马修斯道："他的点子还真背！"

陆川说："好了，暂时先把顾虑放在一边，抓紧时间拔掉这座哨所！"

"阿洛！"陆川低低叫道。

"在！"阿洛应声而出。

陆川本想让阿洛第一个出击的，这时，一向少言寡语的安东尼却自告奋勇地说道："这种事情还是交给我去做吧！"说完这话，也没征求陆川的同意，瞅准两盏探照灯刚刚转移开的时间差，一猫腰就蹿了出去。

安东尼就像一只灵猫，在半人高的野草丛中飞快前进。

虽然这里野草茂盛，利于躲避身形，但是强烈的探照灯光却能把漆黑的草丛照得亮堂堂的，让人无处可遁。

陆川在心里默默计算着时间："十一、十、九……"

安东尼已经来到铁丝网前，他匍匐在草丛中，从裤腿里迅速拔出"夜鹰"军刀，在铁丝网上飞快地划拉起来。对于这个暗杀高手来说，使刀是他的强项。"夜鹰"军刀非常锋利，铁丝网很快就被割破了，露出一个可供一人进入的豁口。

陆川紧握的手掌里全是汗水，他的心已经提到了嗓子眼："三！二！一！"

十五秒钟到了！

两束雪白耀眼的强光贴着草丛横扫而过，陆川等人把身影藏匿在草丛中。在这千钧一发之际，安东尼从地上一跃而起，就像一只蹿腾起来的野兔，飞身从铁丝网上的豁口中扑了过去，刚好翻滚到一顶帐篷后面，避过了探照灯光。

当陆川他们再次抬起头来的时候，发现安东尼已经成功潜入了哨所，不由得暗自松了口气，刚刚真的是好险啊！

抓住探照灯光这个时间差的规律，刺客小组的队员们依次出动，一个接一个地成功潜入兵营，现在只剩下陆川了。

陆川回头看了一眼河面上的 GP，低声说了句"坚持住"，然后闪身冲出草丛。

陆川跑得飞快，只见一个模糊的黑影从草丛上面飞闪而过。在接近铁丝网的时候，陆川舒展身子，以一个非常漂亮的俯冲飞过豁口，落入兵营里面。

十个特战士兵就像十个"幽灵",悄无声息地潜伏在黑暗中。

陆川做了个五指分开的手势,示意大家分开。

十名队员迅速散开,各自找到一顶帐篷当作自己的攻击目标。

虽然用枪来得更快捷一点,但为了不惊动哨岗上的敌人,他们选择使用最原始的武器——刀。每个人都拔出"夜鹰"军刀,然后躲过探照灯光,迅速闪身进入了帐篷。

帐篷里一片漆黑,打鼾声此起彼伏。借助夜视镜,陆川扫视了一圈,发现帐篷里一共躺着六名反政府武装士兵。陆川慢慢握紧刀把,一股无形的杀气自体内汹涌而出。

整个过程其实只有短短的一两分钟,此时原本安静的帐篷中弥漫着浓烈的血腥味,陆川站在那里,一缕血水顺着刀尖缓缓滴落。

片刻之后,十顶帐篷里面死寂无声,再也没有打鼾声和磨牙声。

大家碰头后,陆川开始布置第二步进攻计划:"马修斯!"

"在!"

"看见仓库那边的几个巡逻士兵了吗?你带着安东尼和贝姆摸过去,把他们全部解决掉!"

"遵命!"马修斯扬了扬下巴,安东尼和贝姆跟在他的身后,朝着仓库那边摸过去。

"樱子!"

"在!"

"你和阿龙,还有路飞,去把最后那两顶亮灯的帐篷端掉!没问题吧?"

路飞擦了擦刀锋上面的血迹,阴冷地笑了笑,"当然没问题!"

"剩下的阿龙、史金还有高达,你们跟我过去,把那两座哨岗端掉!"陆川招了招手,史金三人立即跟在他的身后。

十名队员在陆川的安排下,迅速分成了三个进攻小组,朝着各自的目标摸过去。

陆川带着三名队员奔向哨岗,眼看两道灯光横扫过来,陆川立即叫道:"注意隐蔽!"

陆川闪身藏在一辆卡车的后面,史金和高达也迅速蹲了下来。阿龙跑得太快,已经来不及收住脚步,不过他的反应也是极快,贴地翻滚,一骨碌滚入了卡车底部,刚好避开了探照灯光。

第十二章 夜袭

等到灯光过去之后，四个人影飞快移动，来到哨岗下面。

这里是探照灯光的死角，灯光无法照射到这里。

陆川竖起两根手指，做了一个分开的手势。

后面的队员立即会意，史金和高达对望一眼，两人点点头，快步跑到对面那座哨岗下面。

"上！"陆川往上指了指，率先爬上哨岗，沿着木头支架迅速向上移动。

阿龙也跟着爬了上去，两人一左一右分别来到哨岗两侧。

哨岗里有两名守夜的反政府武装士兵，一人抱着探照灯，机械地转来转去，另一人坐在一挺重机枪前面，嘴里叼着半截烟卷，烟头忽明忽暗。

这个抽烟的家伙长长地吐出一口烟雾，伸了个懒腰道："我眯一会儿，你坚持不住的时候再叫我！"说着，弹飞烟头，把帽子往下一盖，遮住眼睛，打起盹来。

这是一个绝佳的机会，陆川怎么可能错过？

他就像一头猎狼，在第一时间飞身朝着这个倒霉的家伙扑了过去。

噗嗤！

那人还没有回过神来，就已经一命呜呼。

负责打灯的士兵骇然变色，张嘴就要喊叫，阿龙冷酷的脸庞出现在敌人身后，他伸出手臂，一把捂住了那名士兵的嘴巴，同时将军刀狠狠地插入了敌人的脖子。

陆川擦了擦飞溅在脸颊上的鲜血，"你小子下手还真够狠的！"

阿龙啐了口唾沫星子，"对付这些人，我可不会手下留情！"

对面哨岗上射过来一束白光，陆川抬头看了看，史金正站在对面冲他挥手微笑。

陆川松了一口气，目前看来，拔掉这座哨所已经没有太大的问题了。

"看！"阿龙指着不远处的那排帐篷说道："帐篷里的灯光熄灭了！"

帐篷那边一片漆黑，三条人影从帐篷里相继钻了出来。

"干得漂亮！"陆川赞叹道。

一刻钟以后，刺客小组的十名队员全部聚集在了兵营中央的空地上。

樱子的脚下踩着一个畏畏缩缩的家伙，黑黑瘦瘦的，满脸惊恐地看着眼前的这群不速之客。他的四肢被捆绑着，嘴里还塞着一块抹布，只能发出呜呜呜的叫唤声。

樱子向陆川汇报道:"这个混蛋是这座哨所的指挥官!"

陆川点点头,"干得不错,回头再好好审讯他!为了安全起见,马修斯,你带着几个兄弟对整座哨所进行一次地毯式的搜索,不要放过任何一个活口!"

"是!"马修斯招了招手,带上几个人四下散了开。

陆川转过头对高达说道:"作为队伍里的爆破专家,拆除一颗水雷对你来说不算什么难事吧?快去帮帮 GP,那小子还在河中央泡着呢!"

高达拍了拍胸脯,"包在我身上!"

片刻之后,马修斯回来了,"队长,多亏你心细,果真还有两条漏网之鱼!他们在仓库里面负责守夜,两个人都睡沉了,被我们解决了!"

陆川问马修斯:"仓库里面装着什么?"

阿龙抢着回答:"装着很多的粮草,还有一些迷彩军装、军靴之类的军用物资,应该是反政府武装的一个后备物资仓库。"

示意队员解决了这两个士兵,陆川蹲下身来,望着那个几乎快要吓晕过去的哨所指挥官,伸手摘下他嘴里的抹布。

"你……你们是什么人?"指挥官的声音有些发颤。

陆川没有回答他,而是拔出军刀,用刀尖挑着指挥官的下巴,冷冷问道:"你们的总部基地在哪里?"

指挥官咽了口唾沫,脸上冷汗直冒:"距离这里……距离这里还有几十公里!"

"这里是什么地方?"陆川问。

指挥官如实回答:"这里是我们后方最偏远的一座哨所,同时也是军需仓库之一!"

陆川皱了皱眉头,"这几十公里的路上,还有其他哨所吗?"

指挥官舔了舔嘴唇,"还有两座!"

陆川心中暗忖:"反政府武装还是挺谨慎的,在大后方十多公里的山区里居然设置了三座哨所。"

"你们多久向总部运送一次物资?"陆川继续追问。

指挥官说:"半个月送一次!"

就在陆川审问这个指挥官的时候,史金从最边上的一顶帐篷里面走了出来,手中拿着一张军事地图,"队长,有重要发现!原来从这里到反政府武装基地还有一段距离，中间还有两座哨所……"

马修斯抱着臂膀道："我们已经知道了，这个家伙什么都招了！算他还比较老实。"

指挥官满脸惊恐地点点头，"放过我吧，你们想知道的我都告诉你们了！"

"哦?！是吗?"史金将一个小册子扔到指挥官面前，"那他有没有告诉你们，明天他有一个运送物资回基地的任务呢?"

马修斯冷笑着瞟了一眼指挥官，捏了捏拳头道："哼哼，这个他还真是没有交代！"

指挥官的面色一下子惨白如霜，他极力为自己辩解："我……我不是不交代……是……你们没有问我啊……"

"少废话！"马修斯狠狠踹了他一脚，亮了亮手中的军刀，"让我送你下地狱去吧！"

"慢着！"陆川竖起手掌，制止了马修斯，"现在还不是杀他的时候！"

"队长，这种败类难道你还留着他吗?"马修斯手腕翻转着，把军刀舞得呼呼风响。

"暂时留着他，对我们还有用处！"说到这里，陆川拾起那本小册子拍了拍，"明天他不是要出任务吗？我们正好可以将计就计，利用这个混蛋成功进入反政府武装的基地！"

马修斯狠狠瞪了那个指挥官一眼，"便宜你了，让你多活两天！"

"我去看看高达他们，怎么去了半天还没回来?"史金说。

话音刚落，就听河岸那边传来轰地一声炸响。

众人心头一紧，糟糕，出事了！

一行人火急火燎地往河边跑去，只看见一缕硝烟在水面上飘荡，高达和GP都不见了踪影。

"高达！GP！"众人扯着嗓子，焦急地呼唤起来。

哗啦！

水面上浮出两颗脑袋，高达吐了一口水，挥舞着手臂道："我们在这里！"

队员们七手八脚将高达和GP拖了上来，两人躺在草丛里呼呼地喘着粗气，那声音就跟风箱似的。

GP咳嗽两声，吐出两口积水，嚷嚷道："你们这些家伙，是不是都快把我给忘了？我差点就坚持不下去了，哎哟，我这腿，僵硬的都不能动弹了！"

看见高达和 GP 安然无恙，众人也就松了一口气。

队员们此时的心情非常愉悦，初战告捷，他们已经向反政府武装基地迈进了一步。

第十二章 夜袭 ◎

第一滴血

第十三章　狸猫换太子

　　气氛变得格外凝重,队员们一个接一个地伸出右手,十一只手掌重叠在一起,感受着彼此手心里滚烫的温度。这不像是十一只手,更像是一座情义堆起的高山,千言万语都汇聚在了这里。

第十三章 狸猫换太子

天亮的时候，队员们走出帐篷。

山谷里云雾缭绕，晨曦在云雾里缓缓穿行，映射出了一道漂亮的彩虹，凌驾在群山之巅，仿佛只要踩着这座七彩虹桥，就能通往传说中的天堂。

今天天气不错，再加上休整一夜之后，队员们感觉精力非常充沛。

马修斯把指挥官拉了出来。这个指挥官被捆绑了一整夜，四肢都已经僵硬了，蜷缩在地上动弹不得。陆川摸出军刀，割断捆绑他的绳索，让他站起来。

指挥官在地上摇摇晃晃地挣扎了半天，才满脸惨白地站了起来。他的嘴唇已经干裂，陆川递给他一个军用水壶，指挥官看了陆川一眼，一把夺过水壶，仰脖咕噜噜地灌了下去，胸前的衣服很快便被滴下的水浸湿了。

陆川指了指天上的虹桥，对指挥官说道："你看看，其实这个世界挺美好的，不是吗？只可惜，这么漂亮的风景，你的那些士兵是永远都无法看见了！"

指挥官的眼角情不自禁地挑了一下，"你……你究竟想怎么样？"

陆川没有直接回答指挥官的问题，反而问道："你叫什么名字？"

指挥官不明白陆川的葫芦里到底卖的是什么药，他抿了抿嘴唇答道："我叫卡萨罗！"

"结婚了吗？"陆川居然跟卡萨罗聊起了家常。

卡萨罗微微一怔，随即点了点头，"结了。"

"有孩子吗？"

卡萨罗皱起了眉头，脸上露出一丝难过的神色，"有，我离开家乡的时候他才一两岁，现在应该五六岁了吧。"

"其实你不喜欢战争，对吧？"陆川抬起头来。

卡萨罗哀怨地点了点头，"是的，我不喜欢战争！我讨厌战争！但是，为了生存，我……我没有办法！我不愿意杀敌，不愿意上战场，所以申请来这个最偏远的哨所……"卡萨罗的心理防线一点点崩溃了，他突然用手捂着脸，肩膀不停地颤抖着，有泪水从他的指缝中流出来，在污浊不堪的脸上流淌。

陆川走过去，递给卡萨罗一张纸巾，"我可以满足你回家的愿望！"

卡萨罗停止了哭泣，满脸惊诧地望着陆川，"真的吗？"

"嗯！"陆川点点头，"不过我有一个条件！"

"什么条件？"卡萨罗变得激动起来。

陆川说："我要你送我们去反政府武装基地。"

"什么?!"卡萨罗一脸不敢置信地看着陆川："不！不！不！这样做我会被砍头的！我不能这样做！我……我做不到！"

陆川的口吻没有半点波动，"为了你的妻子和孩子，为了能够一家团聚，你可以做到！当然，如果你做不到的话，这道彩虹也许就是你人生中最后看见的美丽风景了！"

卡萨罗脸上的肌肉颤抖着，"你……你是在威胁我？"

"不！"陆川摇了摇手中的"夜鹰"军刀，平静地说道："不是威胁，这是交换，非常公平的交换！你只需要带我们安全地穿过路上的哨岗，把我们送进反政府武装基地里就可以离开了。我认为对于你来说，这是非常划算的一次交换！"

卡萨罗低头沉思了一下，猛地一咬牙，仿佛下了很大的决心，"好！我做！不过我真的很好奇，你们几个去总部基地做什么？又能做什么？"

"我们去结束战争！"陆川回答的很直接。

卡萨罗怔了怔，随即叹息着说道："战争要是真能结束就好了！"顿了顿，他望着陆川，"我凭什么要相信你们？万一你们出尔反尔，还是把我给杀了怎么办？"

陆川凝视着卡萨罗的眼睛，"你没有办法不选择相信，因为这是你唯一的机会！不过我可以向你保证，只要你好好表现，我一定会让你活着离开的！"

卡萨罗吸了口气，"好吧！我现在要去准备运输物资的手续和文件。"

陆川努了努下巴，马修斯跟着卡萨罗走进帐篷。陆川带着剩下的队员从仓库里各自找出一件合身的军装穿上，摇身伪装成了反政府武装士兵。

卡萨罗把物资清单拿了出来，陆川他们按照清单上的要求，往军用卡车上搬运了面粉等生活必需品，共装了两大卡车。刺客小组的队员加上卡萨罗共十二人，分乘两辆车，晃晃悠悠地驶出了哨所。

中午时分，他们来到了第二个哨所。

因为彼此之间太熟悉了，经常往返于这条山道，所以第二个哨所根本没加任何阻拦，直接放行。那些负责检查货物的士兵们一个个站在路边抽着烟,谁都懒得动一下。对于他们来说,混日子是唯一的生活追求。

看着远远被抛在后面的哨所,史金欣喜地说:"队长,你这个计谋真是妙极了!"

陆川说:"这哪算什么妙计?主要是我们的敌人太愚蠢了!"

又走了一两个小时,运输车队来到了第三个哨所。

卡萨罗把脑袋伸出窗外,和守卫的士兵打了个招呼。

看见是第一哨所的指挥官,守卫的士兵敬了个军礼,卡萨罗给他们一人发了几支香烟。

在这种偏远的山区里,香烟对于士兵们来说是稀罕物。那些士兵接过香烟,一个个眉开眼笑,也没有检查货物便直接放行,临走的时候还叮嘱卡萨罗从总部回来时再给他们捎点香烟,卡萨罗满口答应。

陆川对卡萨罗这一路上的表现还算满意,卡萨罗说:"我没其他想法,就希望抵达基地之后,你们能够兑现承诺!"

随后的路程虽然只有几十公里,但是这一带的山路非常崎岖,加上根本没有修整过,满地泥泞,坑坑洼洼的,就像被炮弹轰炸过一样。因此车队行驶的非常缓慢,队员们坐在车上颠来颠去,晃得晕头转向。这短短的路程,车队仿佛走了一整天。

抵达反政府武装基地的时候,天色已经见黑,马修斯伸了伸胳膊,"真难受,我都快要被颠散架了!"

陆川通过无线耳麦向队员们传令道:"所有人注意,我们已经进入反政府武装基地,请大家提高警惕!"

在沉沉暮色之中,一座村庄渐渐映入了陆川他们的视线。

卡萨罗说:"这里就是我们的基地了!"

村庄坐落在一块较为平坦的山谷地带,一条山泉从村庄前面蜿蜒而过,保证了村庄的水源补给。村庄的规模比较大,占地足有近百亩,房屋错落有致,规划得井井有条。这里的房屋大多是就地取材用树木和竹子搭建的吊脚楼,其中夹杂着一些砖石结构的堡垒、围墙,还有纵横交错的壕沟等工事。

夕阳的余晖泼洒在山谷间,村庄被笼罩在一片瑰丽的霞光之中,安静地沐浴着阳光。袅袅炊烟飘荡起来,一切宁静而又安详。很难想象,这样一处山清水秀的地方,竟然会是反政府军的巢穴。

车队离村庄越来越近,队员们的心弦也紧紧绷了起来。

行驶到村口的时候，车队停了下来，接受哨防士兵的例行检查。这里毕竟是反政府武装的总部，安全戒备等级比之前的两座哨所高了不少。

陆川四处张望，仔细观察着四周的环境：门口处修筑着围墙碉楼，两挺重机枪就像两只沉睡的野兽，静卧在道路两旁的沙袋堡垒后面，左右哨岗上各自架着一挺重机枪，四挺重机枪把出入村庄的道路封锁得严严实实，外加两边守卫的士兵，刺客小组的队员虽然强悍，但是仅凭他们十一人想要冲破基地大门的火力封锁线，根本是不可能的事情。

在进入基地之前，所有人都要下车，负责守卫的士兵上车检查，确定安全之后，让卡萨罗出示相关文件和办理进入的登记手续。

马修斯有些不太放心卡萨罗，本想跟上去，却被陆川拉住了。

马修斯说：“我担心那个家伙会出卖我们，要是他向敌人通风报信，我们可就完蛋了！”

陆川说：“耐心一点，卡萨罗是个聪明人，他会做出聪明的选择。只要他想活着离开，就不会出卖我们。倘若你这般贸然跟上去，被守卫的士兵发现是张生面孔，反而会很麻烦！”

马修斯握了握拳头，"好吧，要是这家伙出卖我们的话，我会拉着他一起下地狱的！"

一切都很顺利，卡萨罗很快就回来了，看起来没有什么异样。

回到车上，卡萨罗擦了擦额头上的冷汗，对陆川说道："进入之后我们就分道扬镳，你们想做什么都跟我没有关系。我还是那句话，你们务必要兑现承诺，否则我只需要大喊一声，你们都没命活着离开这里！"

马修斯挽起衣袖道："你是在威胁我们吗？"

陆川拦住冲动的马修斯，"他说的是实话。别惹乱子，一切按计划进行！"

车队驶入村庄，村庄里面戒备森严，三步一岗、五步一哨，穿戴整齐的反政府武装士兵扛着 AK-47 突击步枪，在村庄里来回巡逻，就算是一只蚂蚁也逃不过他们的眼睛。

卡萨罗说："以前这里的防守很松懈，自从前些日子可那城暴乱失守之后，基地这边便加强了巡逻力度，同时也提升了警戒级别！"

马修斯扭头冲陆川笑了笑，"队长，看来这些孙子还是有些心虚了！"

史金道："废话！我们搞那么大的动静，他们能不心虚、不胆寒吗？"

卡萨罗惊讶地张大了嘴巴，"可那城……可那城的暴乱是你们发动的?"他不敢置信地眨着眼睛,"天呐!你们到底是什么来头?就凭你们区区几个人,就把可那城给拿下了?"

"那可不是!"马修斯得意地扬了扬拳头,"没有那个本事,我们也不敢来这里!"

卡萨罗张了张嘴巴,想要说点什么又欲言又止。

从村庄中央穿过去之后,车队缓缓驶入了村子后面的一座仓库。

这是一座粮仓,里面堆满了面粉和水稻,还有土豆、红薯等容易生长、又能够果腹的蔬菜。谷草堆一个连着一个,就像是等待检阅的士兵,一眼望不到头。

卡车停好之后,队员们走下车来,开始往仓库里搬运物资。

GP留在车上,陆川要他试着用电脑闯入基地的控制中心,找到发电站的位置。计划的第一步就是要切断电源,给敌人制造混乱和恐慌。

"高达,给他们留点'礼物'在这里!"陆川说。

"没问题!"高达咧嘴一笑,扛着两袋面粉走进了仓库的角落里。

不一会儿,高达走了出来,冲陆川比了个OK的手势,"一切搞定!一刻钟之后,炸弹会自动引爆!"

原来高达在刚才的两袋面粉里埋藏了两颗威力强大的定时炸弹。

马修斯和史金分别钻到两辆卡车的底盘下面,片刻之后,满脸尘土地爬了出来,手中各自拎着几个战斗背包。在出发之前,他们巧妙地把战斗背包藏匿在了底盘下面,如此一来,便能够躲避检查。

"开始行动!"陆川说。

队员们点点头,拎着自己的战斗背包钻进车厢里面,很快换好了战斗装备。

这个时候,GP已经成功侵入反政府武装基地的控制中心,调出了整个基地的内部地图。

GP向陆川讲解道:"基地的电力机房在村庄西南方向,靠近河边的位置,采用的是一组水力发电机。但是基地里面有备用的发电机组,在水力发电机断电之后,会有十分钟的电力恢复时间,十分钟之后备用发电机组将会自行启动。"

"基地的司令部在哪里?"陆川问。

不等GP开口,卡萨罗说道:"在正北方向,一座依山而建的碉堡里面。"

陆川点点头,开始布置战斗任务:"我们十一个人,总共分成A、B、C三个战斗小组,A组由我带头,成员有安东尼和樱子,负责切断电力设施;B组由马修斯带头,成员有贝姆、路飞,还有阿龙,你们的任务是赶在十分钟之内,端掉村口的那两座哨岗,干掉敌人的机枪手,抢占他们的重机枪,为我们提供重火力支援;C组由史金带头,成员有GP、阿洛和高达,你们负责在各处制造爆破和混乱,让敌人首尾不能相顾,像没头苍蝇一样地乱窜!"

"遵命!"队员们领受命令,敬了一个军礼。

陆川的脸色突然有些凝重,他伸出右手,对所有人说道:"这是我们最后一场战役,我想大家都清楚,要打赢这场战役会有多么的艰难,很有可能会付出生命的代价。我只能说,兄弟们,生死各安天命,但愿大家能够多多保重。无论是生还是死,我们都是好兄弟!"

气氛变得格外凝重,队员们一个接一个地伸出右手,十一只手掌重叠在一起,感受着彼此手心里滚烫的温度。这不像是十一只手,更像是一座情义堆起的高山,千言万语都汇聚在了这里。

沉默半晌之后,所有人几乎异口同声地说了一句:"生死各安天命,保重!"

"现在开始对时!"陆川抬起手腕,与队员们一起将时间调整一致。这是为了在作战行动中,保证战斗的高度默契性和配合性。

卡萨罗拉住陆川,"陆队长,我们的合作到此结束,你是不是应该兑现承诺,让我离开了?"

"暂时还不行!"陆川说。

"什么?!"卡萨罗的脸色一下子沉了下来,"你这是什么意思?难道是想反悔吗?我已经把你们带到基地里面来了,你不能这样过河拆桥!"

陆川挥挥手,打断了卡萨罗的话,"放心吧,我是不会出尔反尔的。我只是想让你帮我们最后一个忙!"

"最后一个忙?还要我为你们做什么?"卡萨罗问。

陆川说:"基地里面戒备森严,我们不能随便走动,容易引起敌人的怀疑。所以我需要你开着卡车,把我们送到发电机房那边,再送他们几个到门口,之后你就可以永远地离开了"

卡萨罗咬咬牙:"好吧!但愿你不会骗我!"

第十四章　让子弹飞

　　樱子虽惊不乱，仿佛早就有所预料，她伸出双手抓住面前这个敌人的手臂，顺势将他拽到自己面前，成功地挡住了自己的身体。

轰轰轰！

伴随着车轱辘的轰鸣，一辆军用卡车从仓库里面驶了出来。

卡车并没有直接往村庄外面开去，而是在仓库门口调转车头，往村庄的西南方向迅速驶去。

"喂！你走错路了！"有士兵在后面叫喊，对着扬长而去的卡车使劲挥手。

卡萨罗假装没有看见，一路把油门踩到底，从村庄中央呼啸而过，很快就停在了发电机房的门口。

发电机房是一间用石块垒砌的房屋，门口站着两个守卫。

"喂！你怎么把车开到这里开了？仓库在那边！快走快走！"两个守卫挥手驱赶着卡萨罗。

车门打开，陆川当先跳了下来，安东尼和樱子紧随其后。

"哎！你们是什么人？"两个守卫一脸困惑地看着陆川他们，陆川三人一身黑色的美式装备，和反政府武装士兵身上那种军绿色的粗布料截然不同。两个守卫顿时觉得不太对劲，下意识地就要举枪。

陆川足下发力，向前急蹿了两步，左手捂住其中一个守卫的嘴巴，右手紧握军刀，唰地捅入了他的肚子。另一个守卫还没来得及回过神来，安东尼扬手甩出军刀，只见寒光一闪，军刀飞旋着插入了那个守卫的心窝。两个守卫悄无声息地倒了下去，整个过程还不到十秒钟，看得卡萨罗目瞪口呆。

解决掉守卫，三人快速闪入发电机房。

卡萨罗继续发动汽车，朝着基地大门口驶去。刚刚驶出不远，车就被一队巡逻的士兵拦了下来。

卡萨罗心中一紧，脸色一下子变得惨白，一颗心提到了嗓子眼。

那队巡逻士兵共有八人，带队的巡逻队长走上前来，"哎，仓库明明在那边，你怎么把车开到这边来了？"

自从可那城暴乱之后，反政府武装基地里的气氛也变得格外紧张，上面命令每个人都要严密提防，不得有丝毫松懈。

卡萨罗竭力掩饰着内心的慌张，脸上堆着笑容，同时掏出香烟递给巡逻队长，"不好意思！不好意思！刚才走岔道了！"

巡逻队长没有伸手接烟，而是用充满怀疑的眼神盯着卡萨罗，"我亲眼看见你一路从仓库那边直接就开到了这里。你也不是第一次来运送物资了，怎么会走岔道？"

"我……"卡萨罗心下着慌，他知道巡逻队长已经对他起了疑心，一时间焦急万分，不知道该如何解释。

看着卡萨罗闪烁的眼神，巡逻队长冷哼道："不介意我搜查一下吧？"说着，也没征求卡萨罗同意与否，挥了挥右手，示意身后的士兵搜查一下这辆车。

此时在卡车车厢里面还有 B 组的四名队员。

听见车厢外面的对话，马修斯对三名队员使了个眼色，队员们会意，纷纷打开保险，端起了突击步枪，将黑洞洞的枪口对着车厢大门。一旦车门打开，他们就会毫不犹豫地扣动扳机。但是这样一来，行动就无法按照原计划进行了，可这是目前没有办法的办法。

四名巡逻队的士兵气势汹汹地走到卡车车尾，正准备伸手拉开车厢的门，就听仓库那边突然传来一声巨响——方才埋藏在面粉袋里面的定时炸弹恰好在此时自行引爆了。

两团火球冲开屋顶，照耀了漆黑的夜空。

突如其来的爆炸声惊动了基地里的所有人，刺耳的警报声划破宁静的山谷，沉寂的村庄一下子变得沸腾起来，叫骂声、惊呼声、呐喊声汇聚在一起，不少士兵都往仓库方向冲过去。

巡逻队长微微一怔，顾不上搜查这辆卡车，立即招呼手下士兵快步朝着仓库那边跑了过去，"快！快跟上！过去看看！那边出事啦！"

卡萨罗长长地松了口气，不过几秒钟的工夫，他的后背已被冷汗浸透了。

车厢里的马修斯等人也松了口气。马修斯抬起手腕看了看时间，距离埋藏炸弹刚好过去一刻钟。

阿龙把车厢大门推开一条缝，睁大眼睛往仓库那边看过去，只见火光冲天，浓烟滚滚，烟雾盘旋而上，就像一条黑色的巨龙飞上天空。

"高达制造的炸弹真够威力的！"阿龙说。

马修斯拉着枪栓道："今晚我们必定会让这里鸡犬不宁！"说着，脸上露出一丝阴冷的杀意。

幸运地躲过巡逻队的搜查，卡萨罗哪里还敢停留，踩着油门呼呼呼地往基地大门口冲去。

在接近大门的时候，马修斯让卡萨罗放慢车速，然后趁着所有人把注意力放在仓库那边的时候，带着 B 组小分队悄悄跳下卡车，翻身滚入了一旁的草丛中。

基地门口的守卫简单检查了一遍车子后，示意卡萨罗离开。卡萨罗怀揣着激动的心情奔向了属于他的自由。

夜幕笼罩着小村庄，村庄里亮起了星星灯火，门口哨岗上的探照灯来回扫动，把四周映照得一片雪白。马修斯等人趴在草丛里，一动也不敢动。他们在静静地等待着，等待 A 组那边成功切断电源。

短短几分钟之后，整个村庄的灯光突然熄灭，基地瞬间陷入了一片黑暗当中。

反政府武装士兵们一阵惊慌失措，他们不明白为什么会突然断了电。

只听一位军官在怒骂："你们这些饭桶，快去发电机房，看看是不是发电机又出故障啦！"

无线耳麦里传来陆川的声音："基地电源已经被切断，按照计划行动！让这些狗杂碎见识见识我们刺客小组的厉害！"

"OK！"马修斯戴上夜视镜，回头跟阿龙打了个手势，"你和贝姆抢占右边那座哨岗，我跟路飞去左边，开始行动，我们有十分钟的时间！"

四人迅速分成两个小组，趁着漆黑的夜色，迅速朝哨岗方向摸过去。

马修斯来到一个卫兵身后，双手扳住卫兵的脑袋，用力一扭，就听咔嚓一声，卫兵顺势倒下。马修斯把卫兵轻轻放倒在地上，然后像幽灵般来到另一个卫兵身后，用同样的方式扳倒了第二个卫兵。很快，地上就倒下了好几个卫兵。

马修斯指了指不远处的沙袋堡垒，对路飞说："我上去占领哨岗，你去占领沙袋堡垒，我们把四挺重机枪都收入囊中，打他们一个鸡飞狗跳！"

"没问题！"路飞比了个 OK 的手势，朝着沙袋堡垒方向迅速移动。

马修斯深吸一口气，顺着哨岗的楼梯迅速爬了上去。

哨岗上有一个机枪手和一个控制探照灯的卫兵。

"喂！你是什么人……"那个卫兵还要问话，却被马修斯一把抓住衣领，直接从十多米高的地方摔了下去。

接着马修斯一记凌厉的旋风腿，机枪手惨叫着从哨岗上面飞了出去，翻滚着坠落在岗楼下。

马修斯对着无线耳麦说道："暴龙已经就位！"

很快，无线耳麦里传来路飞的声音："影子已经就位！"

贝姆和阿龙几乎同时回答："海王就位！""龙少就位！"

马修斯一脚踹翻身旁的子弹盒，从里面抽出一条长长的弹链塞进重机枪的弹匣，哗地拉开枪身保险，大声叫喊道："宝贝们，晚会正式开始！"

嗒嗒嗒！嗒嗒嗒！

和突击步枪有所不同，重机枪的枪声就像是猛兽的怒吼，低沉而又狂暴。光是这样的枪声，就足以令任何对手胆寒。

一条火龙从枪管里飞射出来，毫不留情地飞入了人群当中。闪烁的火光倒映着马修斯的脸颊，金灿灿的弹壳在他的眼前不停地跳跃着，叮叮当当落了一地。

人群中顿时炸开了锅，那些士兵们完全不知道发生了什么事情，许多人还没回过神来就已经倒毙在了枪口下面。

马修斯开枪之后，其余的三挺重机枪也纷纷开枪。四挺重机枪同时怒吼，威力是何等的巨大。

灿烂的流星火雨照耀了夜空，宁静的村庄却变成了一座人间炼狱，生命在这里变得非常脆弱。

"有人闯入基地啦！"

"一级戒备！一级戒备！"

"紧急集合，有敌人潜入基地啦！"

此时，反政府武装士兵才如梦初醒，但是他们从一开始就被打乱了阵脚。黑暗中，不少士兵四散奔逃，惊惧不安。

轰隆！轰隆！轰隆！

爆炸声像闷雷一样，震得山谷嗡嗡作响，大地仿佛也在跟着颤抖。

这是C组的杰作，按照计划，他们负责四处制造爆炸，最大程度引起敌军的混乱。

基地里的不少房屋都是木头结构，很快就燃烧起来，火势朝着四面八方迅速蔓延，短短数分钟，整座基地就陷入了熊熊火海的包围之中。

和陆川他们所期望的一样，在这一轮疾风骤雨般的突袭之后，反政府武装阵营彻底大乱。那些反政府武装士兵完全被打懵了，他们不知道对手是谁，也不知道对手在哪里，他们甚至都不知道自己是怎么死的。

陆川的战术非常奏效，几轮爆炸下来，敌军士兵四散奔逃。而有些清醒过来的反政府武装士兵，想要展开反击，但都被重机枪给打退了。

夜风中带着滚烫的硝烟温度，火辣辣地刮过每个人的脸颊。

刺耳的警报声响彻夜空，就像死神的召唤声。

陆川带领着 A 组队员从发电机房里面出来，迎面碰上一支反政府武装的巡逻小分队。

巡逻队长拔枪连连向陆川他们射击，同时对身后的手下大呼："抓住他们！给我抓住这些混蛋！"

敌人的火力很猛，子弹就像划破黑夜的流星，劈头盖脸地朝着陆川他们招呼而来。

陆川飞身滚到一个铁皮油桶后面藏匿起来，几乎在同一时刻，安东尼和樱子也做出了躲避反应。樱子贴地翻身滚到了漆黑的草丛里面，安东尼闪身背靠在发电机房的铁门后面，子弹哐哐当当地打在铁门上，飞溅起一串耀眼的火星。

反政府武装士兵仗着人多势众，散开成一个半圆阵型，迅速围拢上来。

"让你们尝尝这个吧！"安东尼扬起手臂，从铁门后面抛出一颗圆乎乎的东西。那东西落在地上，发出清脆的哐当声响，然后骨碌碌滚到敌人脚下。

巡逻队长低头一看，顿时面色大变，扯着嗓子嚎叫道："手雷——"

轰隆！

爆炸声吞没了巡逻队长后面的话语，连同巡逻队长在内的四五名反政府武装士兵都被炸上了天。

趁着敌人分神的时候，安东尼端着突击步枪从铁门后面冲了出来，一阵哒哒哒的扫射。

不等敌人有反击的机会，陆川也从铁皮油桶后面贴地滚了出来，然后单膝跪地，托着突击步枪，迅疾无比地连续扣动扳机。

几乎是在同时，忽听唰的一声破空轻啸，一道寒光自漆黑的草丛中飞旋而出，以迅雷不及掩耳之势，噗嗤一声，刺入了一名反政府武装士兵的心窝。樱子从草丛中拔地而起，几个蹿腾来到包围圈右翼。

一名反政府武装士兵正对着陆川开火，但樱子来得实在太快，瞬间就朝他扑了过来。这名士兵大吃一惊，下意识地调转枪口，想要对着樱子开火。

樱子艺高人胆大，居然没有使用枪械，而是徒手逼近敌人。在那名反政府武装士兵开火的一瞬间，樱子双膝跪地，贴着地面地滑行到敌人面前，掌心往外一翻，把枪管拨了开去，只听"哒哒哒"一阵声响，一梭子弹贴着樱子的头皮泼墨般向夜空中斜射而去，如同夜空绽放的烟火。

啪！

樱子一记手刀劈砍在敌人握枪的手腕上。

那名反政府武装士兵顿觉手腕处疼痛欲裂，一阵麻木不堪，手中的突击步枪随之掉落在地上。

不远处的两名反政府武装士兵回过神来，同时把枪口对准了樱子。

樱子虽惊不乱，仿佛早就有所预料，她伸出双手抓住面前这个敌人的手臂，顺势将他拽到自己面前，成功地挡住了自己的身体。这个倒霉的家伙顿时变成了樱子的人肉盾牌，两梭子弹呼啸而来，尽数打在他的身上，飞溅起点点血花。

就在开枪的两名反政府武装士兵心慌意乱的时候，樱子俯身往前翻滚一圈，顺势从地上抄起敌人刚才掉落的 AK-47 突击步枪，没有丝毫的迟滞，举起枪对着两名反政府武装士兵就是一通乱扫。

陆川和安东尼见状同时竖起大拇指夸赞樱子。

一支十几人的巡逻小分队，竟在短短几分钟的时间里，就被陆川三人联手剿灭，刺客小组的战斗力确实是这些普通士兵无法比拟的。

陆川哗地退出打空了的弹匣，重新装上一个，然后对着无线耳麦大声说道："刺客小组所有人听令，敌人的阵脚已经被我们打乱，现在集中火力，进攻敌军司令部，完毕！"

此时的反政府武装基地里一片混乱，他们人数虽多，但大多都像没头苍蝇一样乱窜，有的人抱着脑袋乱跑，有的人在大呼小叫，有的人在搬运仓库里的物资，还有的人在忙着灭火，场面非常混乱。

不难看出，反政府武装的军事素质非常低下，没有系统的军事训练，也没有面对危机的应变能力，更没有严格的组织纪律，整个队伍就像是一盘散沙。陆川布置的进攻战术正是抓住了反政府武装的这个弱点。

轰隆！轰隆！轰隆！

剧烈的爆炸声不绝于耳，一波连着一波。

众人循声望向基地西面，只见夜空中翻滚着一颗烈焰火球，照亮了大地。伴随着刺耳的嗖嗖之声，无数的子弹带着红色的火焰状尾巴，呼啸着冲向夜空。

陆川欣喜地说道:"干得漂亮!看来高达他们把敌人的军火库给端掉了!"

众人冒着枪林弹雨,一路向着司令部所在的碉堡迅速推进。

这一路上,陆川他们几乎没有遇到什么像样的有组织的抵抗力量,一些零星的反击和进攻都被轻而易举地灭掉了。

陆川双手托举着突击步枪一路疾奔,安东尼和樱子同时护在陆川的左右两翼,三人之间的距离不超过五米,呈一个"品"字防守阵型,形成相互保护的掎角之势,能够面对来自四面八方的危险。

三人一边奔跑一边不时地开枪射击,他们都是经过严格训练的神射手,所过之处,那些试图阻止他们的敌人纷纷中枪倒地。

但,危机无处不在。

就在三人从两座吊脚楼中间快速穿插而过的时候,吊脚楼的竹编屋顶突然被掀开,两条人影各自窜上左右屋顶,黑洞洞的枪口对准了陆川他们。

陆川三人的反应也是极其敏捷,在听见异响的一瞬间,安东尼和樱子交叉换位,抢在敌人开枪之前率先扣动了扳机。

哒哒哒!

两条火线飞射上屋顶,左边那人惨叫一声,仰天倒下,再次落入了吊脚楼里。右边那人闷哼一声,捂着中弹的胸口,从屋顶上骨碌碌滚落下来。

几乎是在同时,忽听见吱呀声响,吊脚楼的低矮窗户被突然推开,两支枪管就像毒蛇一样,冷悄悄地伸了出来。

"小心!"厉叱声中,陆川回身对着左边的窗户扫去一梭子弹。其实他并不知道敌人确切的藏身之处,但凭借着在战场上磨砺出来的敏锐反应力,陆川下意识的射击击中了吊脚楼里的敌人。

可右边窗口飞射出来的那条火线却像毒蛇吞吐的信子般,一下子卷住了安东尼。

空气仿佛在这一瞬间凝固了。

陆川清楚地看见,安东尼的虎躯狠狠地颤了颤,但是并没有倒下去,而是用手中的 M16 突击步枪,对着窗户后面的敌人展开了猛烈的还击。

弹壳飞溅,火光闪烁,突击步枪疯狂地怒吼着,直打得竹屋墙上布满了蜂窝状的子弹窟窿。子弹穿透了吊脚楼里那个躲藏在窗户后面的敌人身体。

短暂沉寂了几秒钟，陆川回过神来，大喊一声："安东尼！"然后举起突击步枪，飞快地四下扫视了一圈，确定没有危险之后，迅速退到安东尼身旁。

安东尼的身子晃了晃，他翻转手腕，将突击步枪倒插在地上，支撑着自己的身体。

朦胧的黑暗中，陆川听到有液体落在地上发出的吧嗒吧嗒声音。

樱子也退到安东尼面前，她看了一眼安东尼，失声惊呼道："安东尼，你中弹啦?!"

安东尼脸色铁青，嘴角扬起一丝苦笑。

陆川一把摘下夜视镜，借着四周摇曳的火光，陆川看见安东尼的胸口上一片血红，溢出的鲜血把他的黑色战斗服都浸染成了诡异的暗红色。陆川伸手一摸，满手都是滚烫的热血，安东尼胸口上少说也有四五个血窟窿，只是没有被子弹击中心脏，所以没有瞬间毙命。但是以他目前这种失血的速度和创伤的严重性，死亡对于他来说，只是一个时间问题。

安东尼艰难地喘息着，说话也变得断断续续起来，"队长……你……你们走吧……我……我走不了了……能够和你们……和你们……并肩作战……很……很开心……"说到后来，安东尼的喉头只能发出哽咽的声音，大量的血沫子从他的嘴角涌出来。

陆川紧紧咬着嘴唇，心情沉重地拍了拍安东尼的肩膀，"兄弟，走好！"

一向沉默寡言、面无表情的安东尼此时脸上露出了一丝难得的笑容。

"樱子，我们走！"陆川重新戴上夜视镜，他不想让安东尼看见他湿润的眼眶。

"快！快抓住他们！他们往司令部那边去啦！"一群反政府武装士兵大呼小叫地追了上来。

安东尼缓缓抬起脑袋，暗淡下去的瞳孔里面绽放出最后一丝精光，他拼尽全部力气，再次端起突击步枪，然后迎着那群反政府武装士兵，脚步踉跄地冲了过去。

哒哒哒！哒哒哒！

第一滴血

第十五章　最后的堡垒

  陆川单膝跪地，双臂平托着 M16 突击步枪，整个人就像雕像一样，无论敌人的火力再怎么凶猛，无论再多的子弹从他的身旁呼啸而过，他都保持着岿然不动，全身散发出一种把生死置之度外的强大气势。

数分钟之后，刺客小组的队员们悉数赶了过来，他们在距离碉堡五十米开外的地方停下脚步。

原来，碉堡前面有一条"护城河"，看样子不是天然形成的，而是敌人先挖了一条宽十几米的壕沟，再从村庄另一边水源地引流灌满而成。

护城河前面是一片开阔的地带，只有些野草在夜风中摇曳。陆川不敢带领队员们冲上去，因为那样会把自己完全曝露在敌人的枪口下。基地里面闹出这么大的动静，司令部那边必定做好了充足的防御准备，贸然进攻只会是去送死。

陆川他们藏匿在一片野草丛后，仔细地观察着五十米外的那座碉堡。

碉堡差不多有三层楼那么高，整体结构呈一个半圆形，后面紧靠着山。整座碉堡用灰白色的长条形石块垒砌而成，那些石块很有厚度，就算是穿甲弹也无法穿透，而且石块与石块之间的缝隙里浇灌了铜汁，使得整座建筑固若金汤、牢不可破，即使用上威力强大的新型炸药，只怕也不能将其撼动。

碉堡上面开凿有三个方形的射击孔，每个射击孔后面都架着一挺火力威猛的重型机枪，俗称机关炮，能够让出现在护城河畔的一切事物瞬间灰飞烟灭。

碉堡底层有一扇高大的石门，在刚才基地里发生激烈枪战的时候，这扇重逾千斤的石门就已经轰然落地关闭了。司令部里面有机关操纵，单纯依靠人力和外力基本上是很难打开这扇石门的。

这是反政府武装最后的堡垒，如果不能攻破这座堡垒，彻底消灭反政府武装的首脑力量，那么刺客小组之前的所有行动岂不都白费了吗？

陆川暗暗捏了一把冷汗，他没有想到，在一切计划进行得如此顺利的时候，竟然会遇到这样一个前所未有的巨大难题。怎样才能突破这座最后的堡垒，攻入反政府武装的司令部呢？这可真是一个棘手的问题。

而且最为重要的一点是，时间不等人。时间拖延得越久，这场战斗对于刺客小组就越为不利，他们的处境也就会越发的危险。目前虽然刺客小组在场面上占了上风，但完全是凭借着迅猛的闪电战术，打了敌人一个措手不及。如果等到敌人回过神来，稳住阵脚，组织大规模的反扑时，刺客小组的处境将岌岌可危。毕竟他们再厉害也不是超人，根本不可能应对多于自己超出百倍的敌人。

陆川回头拉着爆破手高达问："有没有可能炸掉这座碉堡？"

高达摇摇头，面有难色地说道："普通炸药根本就没有什么作用，而且就算是威力强大的炸药，也需要安置在碉堡的多个结构点上，才有可能将其炸毁。现在的问题是：一，我们没有威力强大的炸药；二，碉堡上面架着三挺机关炮，我们即使拥有炸药，也无法靠近碉堡！"

高达的分析很有道理，这让队员们的心中蒙上了一层阴影。

"我倒是有个主意！"GP 站了出来。

"什么主意?！"所有人都把希望的目光投向 GP。

GP 说："刚才我们搞爆破的时候，在弹药库旁边看见了几辆装甲车，装甲车上面有威力强劲的重型火炮，也许能够击垮这座碉堡！"

陆川眼睛一亮，"真的吗？太好啦！马修斯、GP，你们过去弄一辆装甲车，其他人跟我留守此处！"

"明白！"队员们齐刷刷地答应道。

陆川扬了扬下巴，马修斯在 GP 的带领下，转身飞奔而去。

等到两人离开之后，陆川突然发现有些不太对劲，他迅速清点了一下人数，发现队伍中除了方才阵亡的安东尼之外，还少了一个人，贝姆！贝姆怎么不见了?"

阿龙叹了口气，面带悲戚之色，"贝姆……贝姆已经战死了！"

"什么?！"陆川的胸口仿佛被什么东西给刺了一下，一颗心火烧火燎地疼了起来，"怎么会这样？贝姆……是怎么死的?"

路飞靠了过来，"还是我来说吧！当时贝姆正在哨岗上面，架着重机枪横扫敌人。在收到集合的命令之后，我们正准备撤退。谁也没有想到，居然有敌人扛起了火箭筒，对着哨岗方向打出了一颗火箭炮。火箭炮正好落在贝姆所在的那座哨岗上面，结果那座哨岗被炸塌了，贝姆也被炸飞了，连尸首都没有看见！"说到这里，路飞微微哽咽了一下，一脸悲伤的神色，不愿再回忆那个可怕的画面。

"安东尼也战死了！"陆川说着，指了指自己的胸口，"他的胸口中了四五颗子弹，但他一直没有倒下，是条汉子！"

队员们没有说话，短暂的时间里接连有两名兄弟阵亡，每个人的心情都非常的沉重，如同压了一块大石头，压抑地喘不过气来。

就在大家沉默的时候，不远处突然传来激烈的枪声，数颗子弹从他们的身边呼啸而过，惊醒了这些还沉浸在悲痛中的人们。

"隐蔽！隐蔽！"

队员们纷纷叫喊着卧倒，此时此刻，他们再也顾不上继续悲痛，转而将这种悲痛的情绪化成对敌人的愤怒。

只见约有数十名反政府武装士兵已经开始集结，组成了一支反扑力量，朝着刺客小组的队员们围拢上来。

"给我打！狠狠地打！"史金咬着牙关，连连扣动扳机。

枪声大作，双方人马在相距二三十米开外的地方，展开了激烈的对射，灿烂的火线在黑夜中来回呼啸穿梭。

刺客小组所在之处地势平坦，只有少许的野草丛，这让他们的隐蔽变得非常困难，基本上都曝露在敌人的枪口之下，只能依靠不停地移动身形位置，来尽量躲避敌人的攻击。即使是在这种艰难危险的情况下，他们仍然打得那些反政府武装士兵无法向前推进。只要敌人稍稍露出身形，就会被刺客小组击毙，几轮互攻下来，竟然打得那些反政府武装士兵不敢抬头。

越来越多的反政府武装士兵朝着这边聚拢过来，形成了近百人的武装力量，陆川他们顿时感到压力倍增。集结了足够的人马之后，敌人的胆子也开始大起来，面对七名刺客小组队员，这近百名反政府武装士兵倾巢而出，如同一群凶猛的野兽，誓要把刺客小组的队员们全部撕碎。

"杀了他们！杀啊！"

反政府武装士兵愤怒地叫喊着，涌动的人潮就像翻滚的海浪。

哒哒哒！哒哒哒！

近百把突击步枪同时开火，刺客小组的火力顿时就被压制下去，根本无法对敌人造成有效的阻碍。

但即使面对多于自己十倍的敌人，刺客小组也没有一个人逃跑或者离开。他们坚守着自己的阵地，和敌人展开了激烈的对决。

陆川单膝跪地，双臂平托着 M16 突击步枪，整个人就像雕像一样，无论敌人的火力再怎么凶猛，无论再多的子弹从他的身旁呼啸而过，他都保持着岿然不动，全身散发出一种把生死置之度外的强大气势。

一轮激烈的交火之后，反政府武装那边倒下了一二十名士兵，但仍有七八十名士兵冲了上来，敌人的反扑变得更加凶猛。

哒哒哒！哒哒哒！

敌人冲到二十米开外的距离，端着 AK-47 突击步枪疯狂地扫射。AK-47 突击步枪虽然远距离射击的精准度不高，但是威力相当强大。

第一滴血

"啊呀!"

"啊!混蛋!"

"呃——"

陆川耳畔只听得惨叫连连,回头看时,已有三名队员中枪倒地。

阿龙肩窝中了一枪,子弹穿透了他的肩胛骨,在肩膀上留下一个触目惊心的血窟窿,他抱着胳膊翻身倒在地上。

路飞也中枪了,子弹打中了他的小腹,他捂着肚子发出痛苦的吼叫,鲜血从他的指缝中潺潺流出。

高达挨了两枪,一枪击碎了他的左肩骨,一枪击碎了他的右腿膝盖骨,但他依然单膝跪在地上,右手单手抱着 M16 突击步枪,怒吼连连,顽强地向敌人开火还击:"来啊!你们这群混蛋!一起冲上来吧!混蛋——"

七个开火点现在已经倒下了三个,剩下的开火点更是无法阻挡疯狂的敌人。最绝望的是,他们还不能往后退,他们现在被夹击在一群反政府武装士兵和司令部的碉堡之间,一旦被反政府武装士兵逼退到护城河前面,碉堡上的机关炮会把他们全部送上西天。

现在已经到了生死存亡的紧要关头,进不能进,退也不能退,一向足智多谋、沉着冷静的陆川,此时此刻也想不出脱身的好点子了。

就在这个进退两难的危急时刻,不远处传来马达轰鸣声。摇曳的火光中,一辆装甲车就像一只从黑暗中缓缓爬出来的钢铁怪兽,轰隆隆地行驶到敌军身后。紧接着,这只怪兽发出了沉闷的怒吼,装甲车上面的重型火炮发威了。

只听嗖地破空声响,一颗红色弹头的重型火炮带着熊熊燃烧的火焰状尾巴,落入了敌军的人群当中。

轰隆!

爆炸声震耳欲聋,地上留下了一个冒烟的焦黑色土坑,周围的十多名反政府武装士兵瞬间毙命。

马修斯站在装甲车上面怒吼:"去死吧,混蛋!"然后他移动炮口,对准了另一边密集的人群。

"噢,不——"

有人失声尖叫起来,那些反政府武装士兵惊恐万状,刚才的那一炮已经轰得他心惊胆寒,此刻一个个抱头鼠窜。

嗖！

一颗火炮再次飞射出去。

伴随着剧烈的爆炸声响，大地都在微微战栗。

"啊呀——"

凄厉的惨叫声中，数名反政府武装士兵被炸得飞了起来。

两颗火炮轰过去，那群反政府武装士兵已经倒下了一半，剩下的三四十名士兵犹如惊弓之鸟，各自疲于奔命，根本无心恋战。有部分士兵举起突击步枪朝着装甲车开火，马修斯俯身钻进车厢里面。只听叮叮当当的声音不绝于耳，子弹在装甲车外壳上飞溅起点点星火，他们的还击都是徒劳的。这辆装甲车就像一座移动的碉堡，令反政府武装士兵束手无策。

马修斯冲负责驾驶装甲车的 GP 大声叫嚷道："加大马力，冲过去！"

钢铁怪兽冲入人群，顿时掀起了一片腥风血雨，来不及逃跑的反政府武装士兵被卷入车轮下面，庞大而沉重的装甲车从士兵的身上碾压过去。

装甲车的到来替陆川他们解除了危机，马修斯打开舱盖，从里面探出头来："队长，我们来啦！"

队员们一边零星地开枪射击，一边聚拢过来。

马修斯跳下装甲车，帮助陆川把那几名伤员一一抬进装甲车里面。

"快！先给他们止血！"陆川焦急地说。

马修斯放下战斗背包，从里面取出急救药品。在这种情况下，没法给伤员进行有效的治疗，只能给他们的伤口涂抹上一些止血粉，然后用医用绷带将伤口缠得严严实实，尽量减缓流血的速度。

受伤的三人里面，以路飞的伤情最为严重，他死死地捂着腹部，脸色惨白如霜，双手都被鲜血染红了。

马修斯咬咬牙关，倒上一大瓶止血粉，但由于血水实在是太过汹涌，止血粉倒上去后又被鲜血给冲掉了。马修斯使劲压迫着他的伤口，然后在他的腹部来回缠绕了厚厚的三层绷带。即便如此，白色的绷带上面也很快浸染了鲜血。

"有烟吗？给我来一支！"路飞有气无力地说，他的脸上挂满豆子大的冷汗。也算是路飞意志力刚强，换做普通人面对这样的情况，只怕早就已经晕死过去了。

马修斯掏出一支香烟塞进路飞的嘴里,然后给他点上,拍了拍他的肩膀,口吻沉重地说:"兄弟,撑住!"

路飞惨然一笑,没有说话,咬着烟卷大口大口地吐着烟圈,他知道自己离死亡已经不远了。

陆川伸手指着五十米开外的那座碉堡,愤怒地说道:"冲过去,拔掉那座碉堡!"

"遵命!"马修斯回头对GP说道:"我们走!"

装甲车喷出一尾黑烟,气势汹汹地冲向那座碉堡。

装甲车里面的空间有限,陆川、史金、樱子、阿洛四人还没有受伤,他们没有进入车厢,而是抱着突击步枪,紧跟在装甲车的后面,迅速冲向碉堡。装甲车这座移动的堡垒,恰好可以帮他们挡住敌人的子弹。

来到护城河边的时候,敌人的碉堡展开了疯狂的狙击。三挺机关炮同时开火,沉闷的枪声如同野兽的咆哮,闪耀的枪火照亮了水面,无数的子弹就像倾盆的暴雨,一股脑儿朝着装甲车飞泻而去。

空气被撕裂,发出刺耳的啸音。

当!当!当!当!当!

机关炮发射的是尖头子弹,杀伤力极其强悍,在命中目标之后,弹头会产生爆炸,使得威力加倍,进一步伤害目标物体。普通子弹打在装甲车的钢板上,会被弹射开去,飞溅起点点火花;然而这种尖头子弹打在钢板上,竟然像炸弹一样爆裂开来。饶是如此厚实的装甲钢板,在尖头子弹密集的扫射之下,也有被洞穿的危险。

陆川四人猫腰跟在装甲车后面,四面八方只听见破空的啸音,无数的尖头子弹拖着长长的火线,犹如流星般从头顶上飞过去。

三挺机关炮交叉扫射,组成了一张炽烈的火力网,装甲车在这张火力网里面艰难前行。

砰!砰!

装甲车的外壳发出此起彼伏的爆炸声响,数块碎裂的钢板四散飞溅。

面对威力强劲的机关炮,装甲车的防护钢板也开始吃不消了。一团又一团的火球在装甲车外壳上炸裂开来,装甲车的防护钢板被子弹洞穿了数个窟窿,不断往外冒着滚滚浓烟。

装甲车呼啦啦地冲过护城河,水花四溅,扑灭了外壳上的烈火。

陆川他们紧跟着跳进水中,潜游在装甲车后面,然后又湿漉漉地从水里冲上对岸。

"你们这群混蛋，统统去死吧！爷爷让你们尝尝重型火炮的厉害！"马修斯恼怒地推开舱盖，双手推起火炮，迎面对着那座碉堡轰出一炮。

砰！

火炮在碉堡中央爆炸，震得地面都在颤抖，一团熊熊燃烧的大火球在碉堡上面滚动，中间那挺机关炮顿时停止了射击。这座碉堡虽然坚固，但在重型火炮的轰击之下，还是被炸得碎石飞溅，外墙上面出现了深深的裂痕。

马修斯怒吼连连，迎着敌人猛烈的枪火，再次轰出两炮。

砰！砰！

惊天动地的巨响过后，碉堡上面的机关炮几乎全部瘫痪，碉堡的两边已经坍陷了一大块。碉堡外墙上面出现了蛛网状的裂痕，那些裂痕飞快地蔓延着，不断有燃烧的碎石块落下来。

"马修斯，干得漂亮！"陆川欣喜地叫喊道。

马修斯对着GP大声叫道："冲过去！撞垮这座碉堡！"

隆隆隆！

这只遍体鳞伤的钢铁怪兽发出了最后的怒吼，它喷出滚滚浓烟，就像一个视死如归的战士，朝着碉堡冲了过去。

轰隆！

装甲车一头撞在布满裂痕的外墙上面，原本就已经岌岌可危的碉堡，哪里还经受得起如此猛烈的撞击。只见碎石纷飞，这道坚固的堡垒在刺客小组搏命般的冲击之下，竟然垮塌成了一片废墟，露出了一个隐秘的要塞入口。

硝烟滚滚，烈火熊熊，血与火染红了苍穹。

看着轰隆隆垮塌下来的碉堡，每个人的心灵都被深深地震撼了。

沉寂了片刻之后，陆川率先冲进了废墟，他瞪红眼睛，拼命呼喊着马修斯和其他队员的名字。然后他蹲下身来，发疯般地搬开那些覆盖在装甲车上面的碎石块，哪怕是戴着战术手套，他的双手也被石砾磨得鲜血淋漓。但是他丝毫都顾及不到自己的疼痛，他只想看见自己的兄弟们安然无恙。

陆川的情绪感染了史金他们，史金把突击步枪往背上一甩，"队长，我来帮你！"

他们跳到装甲车上面，拼尽全力，将压在舱口上的一块大石头推了开去。

陆川拍打着铁皮舱口，大声喊道："马修斯！GP！出来！快出来呀！"

吱呀！

舱口突然被推了开，马修斯的脑袋从里面探了出来，他甩了甩满头满脸的尘灰，从里面爬了出来。

陆川一阵欣喜，紧绷的心弦终于放了下来，他和马修斯互相拥抱了一下，"干得漂亮！"

马修斯咧嘴笑了笑，陆川这才发现马修斯满嘴都是鲜血，刚才的撞击太凶猛了，马修斯磕掉了两颗门牙，说话都在漏风："嘿……嘿嘿……打死……打死他狗日的……"

陆川蹲在舱口，将车厢里的队员们一个接一个地拉了上来。

GP是最后一个上来的，满头满脸都是血迹斑斑。

"你还好吧？"陆川问。

GP揉了揉被血水迷糊的眼睛，坚强地笑了笑，"还好！就是脑袋有点晕，好像磕破皮了！"

"路飞呢？路飞怎么没有出来？"陆川清点了一下人数，发现受伤的路飞还没有爬出来。

阿龙叹了口气，口吻沉重地说："他出不来了！"

虽然已经有所预料，但是陆川的心还是狠狠颤了颤，他紧紧咬着嘴唇说："我去带他出来！"

陆川钻进车厢，在车厢的角落里看见了路飞的遗体。

他侧着脑袋，蜷缩在角落里，脸上没有一点血色，腹部上缠绕的绷带已经被鲜血浸染湿透了，嘴里还咬着半截烟卷。只可惜烟卷已经熄灭，如同他熄灭的生命。

陆川的眼眶湿润了，他对着路飞的遗体敬了一个军礼，然后背着路飞的遗体爬出装甲车。

陆川看了看身旁的队员们，又看了看身后的要塞入口，厉声说道："马修斯！"

"到！"马修斯站了出来。

陆川命令道："你带着兄弟们守住要塞入口，我一个人进去！"

马修斯道："队长，让我和你一块儿进去吧？"

"这是命令！"陆川声色俱厉，他并不是想一个人闯入司令部逞英雄，他只是不想再有兄弟伤亡了。

马修斯咬了咬牙关，大声回应道："遵命！所有人听令，给我守住要塞入口！"

"是！"队员们高举突击步枪，心中燃烧着熊熊烈火。

陆川深深地看了众人一眼，拎着突击步枪从废墟上跳了下来，独自走进要塞入口。

第十六章　千钧一发

照目前的情况来看，要想靠近反政府武装司令，首先就要干掉这对美女双胞胎。而且必须要在十分钟之内，抢在司令乘坐直升机逃走之前，局势可以说是千钧一发。

反政府武装司令部。

历经千辛万苦，重重阻碍，陆川终于来到了这里。

碉堡里面回荡着陆川铿锵有力的脚步声，陆川怀抱突击步枪，一时间心潮起伏。

这一路走来，伴随着杀戮和鲜血，不断有人倒下，不断有人离开这个世界。

陆川突然有些迷惑，这里真的是生产罪恶的根据地吗？铲除了反政府武装，这个地方就真的没有战争了吗？这个世界真的就此太平了吗？

不！

当然不会！

因为操纵战争的不是人，而是人心！

就在陆川微微走神的时候，碉堡前方突然出现了闪耀的枪火，一梭子弹贴着陆川的身子飞了过去，哒哒哒地打在坚硬的石壁上，飞溅起一串火花。

陆川惊出一身冷汗，幸好他反应神速，下意识地举起突击步枪，在第一时间对着枪火闪耀的地方展开了猛烈的还击。一梭子弹扫过去后，前方传来敌人的惨叫声，枪火也随之熄灭。

这座碉堡的规模并不大，毕竟反政府武装还没有那么大的人力、物力和财力来修建真正的防御要塞。往里走了没有多远，反政府武装司令部的指挥室便出现在眼前。正对着指挥室的是一排宽敞的房间，应该是反政府武装司令和几名重要高官的起居室。

司令部指挥室里的电灯忽明忽暗，把房间映照得凄凄惶惶。整座基地的电力设施都被炸毁了，司令部的电路系统自然也受到了影响。

陆川冰冷的目光缓缓扫过指挥室，里面一片狼藉。看得出来，这名司令和他的手下撤退得很匆忙：桌子上有打翻的杯子，地上有散落的资料文件，靠墙的那一排电脑还在闪烁着，屏幕上泛着雪花。

嘟——嘟——嘟——

碉堡里突然响起了刺耳的警报声。

陆川循声望去，只见碉堡尽头闪烁着红光。沉闷的隆隆声响震得地面微微颤抖，那里有扇暗门正在缓缓开启。

"不好！原来这里还有出口！他们的司令想要逃跑！"陆川猛地一拉

枪栓，就准备追上去。

就在这时，忽听砰地一声巨响，一名反政府武装士兵突然掀翻桌子从下面钻了出来，对着指挥室门口的陆川举起了冲锋枪，"去死吧！"

"这里有埋伏！"陆川猛然一惊，整个人立马向前扑倒。

只听"哒哒哒"一阵疯狂的扫射，数十条夺目的火线从指挥室里飞射出来。

陆川只能紧紧地贴着地面，不敢动弹分毫。子弹打在坚硬的碉堡石壁上，会产生反弹，变成可怕的流弹。

那名反政府武装士兵抱着冲锋枪怒吼着杀出指挥室，满心以为陆川已经被他的子弹击中。结果刚刚冲出指挥室，一道冰冷的寒光从他的脚踝上飞旋而过，士兵只觉脚踝一凉，身子不由自主地栽倒下去，他的脚踝肌腱已被陆川的军刀割断。这名士兵还没来得及发出一声惨叫，陆川翻身压在他的身上，军刀唰地插入了他的脖子。

陆川刚想从地上爬起来，忽然斜眼瞥见又有两名埋伏的反政府武装士兵端着冲锋枪从里面冲了出来。

哒哒哒！哒哒哒！

子弹雨点般射向陆川，如此近的距离，两名反政府武装士兵以为陆川这次必死无疑。

但是他们太小看陆川了，陆川的临场反应和战斗意识远远超乎了他们的想象。在这生死存亡的一刹那，陆川想也没想，双手拽着地上的那具尸体，就地一滚。滚动的同时，那具尸体刚好覆盖了他的身体，变成了一个"人肉盾牌"。

啪！啪！啪！

密集的弹雨全部打在这具尸体上，飞溅起朵朵血花。

与此同时，陆川双腿猛然发力，将这个"人肉盾牌"远远踹飞出去，同时手臂一扬，"夜鹰"军刀划出一道流光，自"人肉盾牌"下面飞旋而过。凌空飞起的"人肉盾牌"挡住了反政府武装士兵的视线。一名士兵还没有回过神来，就听"噗嗤"一声，被那把锋利的军刀旋转着插入了他的心窝。

陆川在掷出军刀的同时，双手在地上使劲一撑，一个鲤鱼打挺弹了起来，然后疾奔两步，腾身跃起，伸脚在石壁上用力一点。在军刀插入那名士兵心窝的同时，他凌空急坠而下，坚硬的右膝骨撞击在另一名士兵的太阳穴上，那名士兵还没回过神来，就已经闷哼着倒了下去。

嘟——嘟——嘟——

警报声再次响了起来，预示着暗门就要关闭了。

陆川不敢怠慢，卯足力气，全速朝着碉堡尽头冲了过去。

借着暗红色的警报灯光，陆川看见路的尽头有两扇厚重的铁门，伴随着刺耳的警报声，两扇铁门正在缓缓关闭。

陆川就像一头急速奔跑的猎豹，在铁门即将关闭的一瞬间，身形如电，从两扇铁门中间穿了过去。陆川舒展四肢，在地上翻滚一圈之后，迅速站了起来。

一眼望去，陆川惊讶地发现，在这座碉堡的后面，竟是一个峡谷。

峡谷的面积说大不大，说小也不小，刚好跟一个足球场差不多。这四周是陡峭的山壁，山上绿荫苍翠，形成了很好的掩饰。

反政府武装首脑们别出心裁，竟把这个峡谷打造成了一个隐秘的机场。

机场角落里的探照灯全部亮了起来，把这里映照的如同白昼。机场四周围着铁丝网，形成了三个长方形的停机坪，每个停机坪之间用草坪隔离开。

在停机坪里停放着三架迷彩色的"阿帕奇"武装直升机，虽然这些直升机的型号比较久远，但它们的作战能力还是非常强悍的。

当陆川来到飞机场的时候，一个身材瘦小、穿着迷彩军服、戴着指挥官帽子的中年男子，正在两名反政府武装士兵的护送下，快速跑向其中一架直升机。毫无疑问，这个仓皇逃离的中年男子就是反政府武装的司令。

"想跑？没那么容易！"陆川举起突击步枪，迅速移动枪口，砰的一枪点射，身旁的一名护卫应声而倒。

陆川正准备再次扣下扳机的时候，一条人影突然从侧面蹿腾而起，长腿在空中划出一道弧线，啪地踢中陆川握枪的手腕。陆川只觉手腕一麻，突击步枪自虎口脱手飞出，落入了远处的草丛中。

陆川微微一惊，虽然有些猝不及防，但他并没有慌乱，双手迅速护在胸前，向后退开两米远。

然而，令陆川万万没有想到的是，后面居然还有第二人偷袭他。只听"砰"的一声闷响,陆川只感觉后心挨了一下重击,顿时眼前一黑,向前踉跄了两步,一下子倒在地上。一时间,体内气血翻腾,喉头微微发甜,陆川反复深呼吸了几次,才勉强把翻涌的内息强行压了下去,但还是有一缕鲜血顺着他的嘴角滴落下来。

陆川心知不妙,当下没有丝毫的停滞,用力向前一窜,然后贴地翻滚一圈之后腾身站起,目光冰冷地看着自黑暗中走出的两名偷袭者。

令陆川微微感到诧异的是,这两名偷袭者竟是年轻女子,令人啧啧称奇的是,她们无论是五官还是神态表情,几乎都是一个模子刻出来的。但很明显,她们是一对双胞胎姐妹,看样子约莫二十出头的年纪。

这对双胞胎中的姐姐叫阿美,妹妹叫小妖,是反政府武装司令的贴身侍卫。她们长着精致、妩媚的五官,修长的身段。她们将长发在脑后束成马尾,穿着紧身的迷彩背心和军裤,看起来非常精干。

面对这两个漂亮女人,陆川丝毫没有放松警惕,反而把战斗状态提升到了最高点。因为从刚才她们实施的偷袭来看,无论是身法速度还是近身格斗,都是超一流的高手。如果被她们的外貌迷惑,那等待陆川的将会是无情的死亡。

不远处,反政府武装司令从直升机后面走了出来,高高举起右手,只见其掌心里紧握着一个火柴盒大小的遥控器,"嘿,小子!你很厉害,居然能够一路杀到这里!不过我想告诉你,你还是来迟了,因为我已经启动了生化导弹,它将在十分钟后发射,目标是这个国家最大的城市!哈哈哈,你们无法阻止我!谁也无法阻止我!哈哈哈!想要摧毁我?我就毁灭你们!我要让数以万计的人为我陪葬!"

他的口吻阴毒刻骨,不时发出猖狂的笑声,脸上的表情极其狰狞,是一个十足的恶魔。

生化导弹?!

陆川心中一沉,突然想起了发生在可那城的灾难。如果这颗生化导弹落入城市,那将是一场前所未有的惊天浩劫,而生化病毒一旦扩散开来,到那时候不仅是损失一个城市,整个国家恐怕都要沦陷。

一念至此,陆川忍不住打了个寒颤,一股熊熊怒火自心底蹿腾而起,烧得他双眼通红,"这个天杀的混蛋!我一定要阻止他!我一定要阻止这场人类浩劫!"

第十六章 千钧一发

十分钟，只剩下十分钟时间了，这场战争已经到了最后的紧要关头。

一旦生化导弹成功发射，即使摧毁了整个反政府武装基地，陆川他们也是彻彻底底的输了。一想到千千万万条鲜活的生命将在瞬间消亡，陆川是一秒钟也不能耽搁了。

只听陆川一声暴喝，朝着司令冲了过去。

陆川这一动，双胞胎也跟着动起来。她们就像跗骨之蛆一样，紧紧跟在陆川身后。

"妈的！"陆川在心里暗骂一声，突然停住脚步，虎腰一扭，转身一记弧月踢朝着其中一个的面门横扫而去。

照目前的情况来看，要想靠近反政府武装司令，首先就要干掉这对美女双胞胎。而且必须要在十分钟之内，抢在司令乘坐直升机逃走之前，局势可以说是千钧一发。

陆川也没有绝对的信心能够挽救这场危机，但是不管怎样，他都要尽自己最大努力去搏一搏，也许还能获得一线生机。

嘭！

阿美双手护胸，挡住了陆川的弧月踢。陆川的腿劲极大，阿美只觉双臂一阵酸软发麻，不禁往后退了两步。

"好俊的身手！"阿美微微一惊，柳眉倒竖，知道自己遇上了一个前所未见的强敌。

眼见姐姐失利，妹妹小妖娇叱一声，飞脚踢向陆川的腰眼要害。

陆川感觉到身后劲风声响，下意识地侧身一闪，避过了小妖的攻击。陆川回身一记擒龙爪，啪地抓住小妖的右腿脚踝。

小妖大吃一惊，想要收腿已经来不及了。陆川顺势往前一带，小妖劈腿开叉，成一字马跨坐在地上。也亏她柔韧性极好，要不然这一个劈叉下去，估计已经很难站起来了。

阿美看见妹妹吃亏失手，脚下使劲一点，身形如电，一记重拳犹如出膛的炮弹，轰向陆川的后心窝。

对于高手来说，当他把战斗状态提升到极致的时候，他的精神力对周围事物的感应也会随之提升许多倍，这是人体一种很奇妙的精神感应，类似于第六感。所以当阿美出手的时候，陆川已经感觉到一股无形的压力从背后传来。陆川没有转身，因为他知道转身已经来不及了，所以他干脆顺势往前扑倒，虽然有些狼狈，但却很巧妙地躲过了阿美的偷袭。

149

陆川抬头一看，只见司令已经拉开直升机的机舱门，往上爬去。陆川心中暗暗焦急，司令的手中还握着控制生化导弹的遥控器，一旦乘坐直升机离开的话，整个国家就会陷入万劫不复的地步。

但是此时此刻受到两名女杀手的阻挠，陆川又无法立刻接近司令。

没时间了！

没时间了！

陆川猛地握紧拳头，发出一声野兽般的怒吼，腾身从地上跃起，犹如出笼猛虎，向那对姐妹杀手展开了激烈的反扑。

陆川把体内所有的战斗激情全部释放出来，同时使出了十成功力，不再有丝毫的保留，完全是以命搏命的打法。

只见停机坪上三条人影纵横交错，来回翻飞，周围的空气都被激荡起来。

如果是论单打独斗，不管是阿美还是小妖都不会是陆川的对手。但是两人合力围攻之后，战斗力大幅提升，再加上两人那种天生的默契配合能力，竟然让陆川一时半会儿找不到破绽，双方勉强打了个平手。

隆隆隆！隆隆隆！

不远处传来轰鸣声，直升机螺旋桨开始缓缓转动着，卷起凌厉的劲风。

"混蛋！给我站住！"陆川心急如焚，突然抡起胳膊，一拳砸在阿美的肩头，把阿美打得连续后退好几米，整条右臂顿时抬不起来。

然后陆川急速向前窜了几米，还未站稳，听闻一声娇叱，小妖的长腿带着凌厉的风声当胸横扫而至。

眼见小妖杀过来，陆川脚下一滑，突然跪在草坪上，同时上半身竭力向后仰，双膝唰唰唰地迅速滑了过去，身形快似泥鳅，生生避开了小妖这一腿。

其实陆川此时心里早已计划好，刚才他看见自己的突击步枪掉入这片草丛中，他往这边急速奔跑实际上是为了捡起自己掉落的枪支，此时此刻，他只有用枪，才有机会翻盘。

这一滑果然让陆川摸到了掉落的突击步枪。当他挺身站起来的时候，双手已高高举起了这把枪。

哒哒！哒哒！

枪托抵着肩窝，陆川的臂膀稳稳地托着枪身，对着那架直升机连连扣动扳机。

直升机机舱的钢化玻璃质地非常坚硬,第一颗子弹打在机舱玻璃上面,爆裂出一团火星,子弹被弹了开去,只在玻璃上面留下一个不太显眼的小白点。但是陆川身怀百步穿杨的绝技,几乎没有任何的偏移,后面接连飞射而来的三颗子弹,非常精准地相继击中了那个小白点。机舱玻璃终于经受不起子弹的连续冲击,只听哗的一声脆响,子弹穿透了机舱玻璃,旋转着飞入机舱,命中驾驶员的脑袋。

砰!

司令一脚踹开机舱门,从里面慌慌张张地滚落下来。为了躲避子弹,司令也不顾上什么形象,在地上匍匐着爬向旁边停车坪上的直升机。

也不知道是司令运气太好,还是陆川运气太坏,陆川本想一梭子弹结果了司令的性命,但是枪膛里却传来哐哐的清脆声响,陆川微微一怔,弹匣里居然没有子弹了!

就这么一耽搁,阿美和小妖两姐妹已经一左一右夹击而上。两人的奔跑速度非常快,用足不点地来形容一点也不为过。

陆川听声辨位,翻转手中的枪,沉喝一声,突然抡圆膀子,转身向后砸去。

砰的一声闷响之后,小妖的尖叫声随之在耳畔响起。她的左肩膀被坚硬的枪托狠狠砸中,肩窝处塌陷下去一大块,小妖抱着负伤的肩膀,在地上一连翻滚出五六米。

看见妹妹重伤倒地,阿美立马红了眼睛,她那张美丽的脸庞因愤怒而变得格外扭曲,牙关的撞击声清晰入耳,厉叱声中,阿美闪电般飞腿踹向陆川胸门。

陆川顺势举起突击步枪挡在胸前,试图把枪当成护身盾牌。

嘭!

陆川只觉一股极其强劲的力道,犹如奔腾的海浪拍打在突击步枪上面。陆川双手猛地一颤,突击步枪脱手远远飞出,两只手的虎口被震得鲜血直流。阿美的长腿余势不减,在踹飞突击步枪之后,继而又重重地踹在陆川的胸口正中。

陆川只觉眼前一黑,仿佛有块千斤巨石压在自己的胸口上,连呼吸都在这一瞬间停滞了。陆川向后飞出老远,咚的落在坚硬的混凝土地面上,浑身的骨头仿佛都散了架,疼痛欲裂。

经过连续的激战，陆川的体能消耗非常大。如果是他精力充沛的时候，刚刚阿美那一脚的力量未必能够冲破他的防守。

这个时候，不远处再次响起螺旋桨的轰鸣声，司令顺利爬上那架直升机。司令的身边已经没有护卫了，他决定趁机一个人逃离基地，驾驶直升机对他来说并不是什么难事。

陆川原本还有些晕乎乎的，但是在听见螺旋桨的隆隆声响后，却一下子清醒过来，骨子里的那股倔强劲儿再一次地被激发出来。陆川倏地睁开眼睛，凭借着顽强的意志力，翻身从地上爬了起来。

阿美正往陆川的方向走过来，陆川突然的"起死回生"令她备感意外，一下子有些发怔。她没有想到，遭受自己如此重击的陆川，竟然还能够再次站起来。

不等阿美回过神来，陆川突然爆发出一声怒吼，犹如一颗出膛的炮弹，腾身飞撞在阿美身上，将阿美拦腰扑倒在地上。阿美摔了个结结实实，眼前一片金星飞舞。

陆川趁此机会，翻身压制在阿美身上，然后抡起拳头，照着这张美艳的脸庞就是狠狠一拳。

陆川喘息着爬了起来，回头看了看小妖，却发现她已经抛下姐姐，捂着受伤的胳膊，跟跟跄跄地朝着那架直升机跑了过去。

"混蛋！站住！"

眼看那架直升机已经缓缓升离地面，陆川发疯般地冲了过去。

轰隆隆！轰隆隆！

"阿帕奇"直升机慢慢翘起尾翼，螺旋桨卷起强劲的飓风，搅动着周围的空气，形成了一道无形的气体墙，吹得人睁不开眼睛。

受伤的小妖顶着飓风的阻力，在直升机飞离地面的一瞬间，飞身跃入了机舱。

"站住！站住！"

憋足一口气，陆川拼尽全身力气冲入飓风当中。

呀！

陆川脚下猛然发力，整个人高高跃起，他的双腿凌空虚踩了一下，然后竭力伸长双臂，在直升机飞过头顶的一瞬间，猛然抓住了直升机下方的起落架，跟随直升机一起拔离地面，往漆黑的苍穹呼啦啦飞去。

地上的事物在飞快缩小，变成一个个的黑点。

直升机在离开地面之后迅速拔高，一眨眼的工夫已上升到十几二十米。

空中的飓风更加猛烈，空气的流动也更加混乱激烈，陆川就像挂在半空中的风筝，随着空气中的乱流左摇右摆，处境非常危险，随时都有可能失手跌落下去。

陆川咬死牙关，手臂上的青筋全都绷了起来，他卯足力气与飓风抗争着，一点也不敢松懈。

呀！

陆川把所有的力气灌注在两条手臂上，把整个身子慢慢拉了上去。

就在这时候，忽听哗的一声，机舱门突然被推开，一条长腿从机舱里伸出来，狠狠地踹在陆川的肩膀上。

陆川猝不及防，手臂上的劲力突然一松，整个人沉了下去。

小妖并没有打算就此放过陆川，她抬起长腿，再一次狠狠踹落。

一下，两下，三下……

小妖每踹一次，陆川的身体就下沉一点。

承受住肩膀上小妖的连续重击，全凭陆川的刚强意志力，但是他已经是命悬一线，如果小妖继续这样攻击的话，他迟早会坚持不住。

陆川的顽强有些出乎小妖的意料，小妖有些急了，她往外挪了挪身子，把攻击目标从陆川的肩膀转移到手上，她高高抬起右腿，再次凶狠地踹了下去。

这一脚的力道相当狠，如果陆川不松手的话，恐怕手骨会被踩断；但是如果陆川松手的话，那就会从飞机上面掉下去。

这时，陆川居然做出了一个惊人的举动。在小妖抬腿踹向他的时候，他抢先松开了左手，仅剩下右手死死抓着直升机下面的起落架。然后陆川看准时机，凌空探出左手，施展擒龙爪，一下子抓住了小妖的右脚踝。

小妖猛然一惊，但想要收腿已然是来不及了。

就听陆川一声暴喝，顺势一把将小妖从机舱里拽了出来，然后利用这一拽之力，伸长手臂，啪地抓住了舱门，一下子把身子提了上去，趴在机舱边缘。

"啊——"耳畔传来小妖凄厉的惨叫声，在陆川爬上机舱的同时，小妖从陆川身旁跌出了机舱，她的尖叫声很快就被飓风撕裂，身影迅速变成一个黑点，消失在如墨般的夜色中。

第十六章　千钧一发　◎

看见幽灵般出现在机舱里的陆川,司令大惊失色,他万万没有想到陆川会这么顽强,居然不要命地爬上了飞机。

不等司令回过神来,陆川突然从座位后面伸出手臂,箍住了司令的脖子,沉声喝骂道:"你这个混蛋!快把遥控器给我!"

"呃……"司令一时间喘不过气来,一张脸憋得通红,"做……做梦……"

陆川清楚地知道,留给他的时间已经不多了。

"呀!"陆川大叫一声,不顾一切地朝着司令扑了过去,两人在狭小的驾驶舱里面扭打成一团。

司令惊恐地叫骂:"疯子!你真是一个疯子!这样下去我们都会没命的!"

失去控制的直升机在空中盘旋画圈,并以极快的速度旋转着坠向地面。

劲风呼呼地倒灌进机舱,陆川已经把自己的生死置之度外。如果能挽救上百万人的性命,牺牲自己一个又算得了什么呢?陆川不认为自己是一个伟大的英雄,他只知道这样做对得起自己的良心。

噗嗤!

陆川瞅准机会,一拳砸在司令的鼻子上,顿时鲜血狂喷。司令吃痛,失去了反抗的力气,陆川又是一连两记重拳打在司令的脸上。司令翻着白眼,脸上就像开了花一样,唇角破裂,鲜血横流。

陆川从司令的衣兜里摸出导弹遥控器,上面暗红色的阿拉伯数字令陆川心惊肉跳:5、4、3、2……

陆川来不及多想,摁下了红色的取消按键。

嘀!

一声清响,上面的阿拉伯数字停止了跳动。遥控器里传来英文语音:"发射计划已取消!发射计划已取消!"

"呼!"陆川长长地喘了口气,这才发现自己浑身上下都被冷汗给浸湿透了,就像从水里爬出来的一样。

直升机轰隆隆地不断下坠,想要重新控制飞机的平衡已经来不及了。透过机舱能够看见下方燃烧的熊熊烈火,地面上的人和房屋渐渐变得清晰起来。直升机升空之后并没有飞多远,没想到失控之后,又盘旋着坠向反政府武装基地。

司令面如死灰地看着陆川，他知道自己大势已去，眼神里充满了深深的绝望，"是政府军派你来的吗？"

陆川没有理会司令，在这生死关头，陆川并没有放弃希望。直升机剧烈晃荡着，陆川在机舱里面根本无法站立，他竭尽全力爬向机舱口。

直升机距离地面还有十几米的高度，陆川趴在机舱口，做好了跳机逃生的准备。下面是那条从基地门口蜿蜒而过的河流，陆川把逃生的希望放在了这条河上。

劲风吹得陆川睁不开眼睛，他全神贯注地盯着身下的河流，身体里的每一根神经都绷得笔直。

"呵呵呵！"身后突然传来司令阴桀的笑声，他仿佛在自言自语，又仿佛在对着陆川说话："错了！哈哈哈！你们全都错了！你们大错特错！哈哈哈！"

错了？！

什么意思？！

陆川的心中微微一怔，情势紧迫，他来不及琢磨司令这句话的含义，在直升机坠向地面的一瞬间，陆川瞅准时机，翻身从机舱口滚落下去，就像一颗炸弹，咚地沉入漆黑冰冷的河水中。

轰隆隆！

虽然沉在水中，但陆川还是能够清楚地听见剧烈的爆炸声，爆炸的火光染红了水面，一些燃烧的残骸零件也飞散着落入了水中。

一阵短暂的窒息之后，陆川挣扎着浮出水面，他甩了甩昏沉的脑袋，睁大眼睛往岸边看去。

只见那架"阿帕奇"直升机刚好坠毁在基地的发电机房里面，引发了猛烈的爆炸，熊熊火光冲天而起，直升机被火海吞没，已经被烧得只剩下一副冒着浓烟的光架子了。

陆川拖着疲惫的身子爬上岸边，他感觉自己的身体就像被抽空了似的，再也提不起半点力气，双膝一软，竟然扑倒在岸边的湿地上。眼前的事物开始急速飞旋起来，渐渐变得模糊不堪，眼皮沉重的就像灌了铅似的，陆川吐出一口浊水，体能的巨大消耗令这个铁骨铮铮的汉子晕了过去，在合上眼睛之前，陆川的嘴角扬起一抹笑容，结束了！一切罪恶全部都结束了！

第一滴血

第十七章　灭　　口

　　GP 满身尘土的从一片废墟中爬了出来，吼叫着跑了出去，"误会！这肯定是一个误会！你们杀错人啦！你们杀错人啦！是我们呀！我们是刺客小组呀！我们是自己人！你们为什么要开枪？你们为什么要开枪？"

第十七章 灭口

啾啾！啾啾！

清脆的鸟叫声在山谷里回荡。

陆川迷迷糊糊地苏醒过来，虽然周身都疼得要命，但是精气神还是恢复了不少，至少他的肢体已经恢复了知觉，不像昨天那样沉重如铁、麻木不堪。

当陆川睁开眼睛的时候，发现已经是翌日清晨，晨曦笼罩着山峦，就像给群山披上了一件绯红色的纱衣。山谷间萦绕着氤氲的晨雾，就像白色的丝带。蓝蓝的天空，清澈的河水，这一切的一切都像是一幅宁静祥和的世外桃源风景画。

就在陆川整个思绪都沉浸在画中的时候，一个女人的声音在背后响起："队长，你醒了吗？"

陆川转过身，看见樱子站在他的身后，他的思绪这才慢慢地回到现实中来。

"战斗结束了吗？"陆川呆呆地问。

樱子点点头，"结束了！全部结束了！而且……我们胜利了！大获全胜！彻底摧毁了反政府武装的基地！队长，还是你厉害，居然把反政府武装的司令从天上拽了下来！"

陆川这才想起昨夜在直升机上的那一场激战，真是惊心动魄、命悬一线。

"其他人呢？"陆川问。

樱子指了指不远处的河流，"大家都饿了，他们在河里抓鱼呢！"

陆川环顾了一下四周，这才发现不知道什么时候，自己已经被人从烂泥里抬到了河岸上。

就听樱子说道："昨晚我们看见一架直升机坠毁在这里，战斗结束之后，就立马赶了过来，结果发现你躺在泥地里面。起先大家还有些疑惑，后来有人在碉堡后面发现了那座隐秘的机场，大伙儿一琢磨，猜想你当时肯定是跳上了一架飞机，然后在飞机上和敌人搏斗。那是什么人要你舍命去追呢？肯定是反政府武装的一号首脑！"

陆川微微笑了笑，队员们猜的八九不离十，不过谁也猜想不到，在飞机上搏斗的时候，自己差点掉下来摔死。

陆川从地上爬起来，双手叉腰，放眼望去，满目疮痍，和刚才看见的美景简直是天壤之别。

第一滴血

整个村庄几乎已经变成了废墟，空气中弥漫着浓浓的硝烟味，夹带着一股刺鼻的焦臭味。有些垮塌的房屋还在燃烧着，冒着黑色的浓烟，到处都是蹿腾的火星。地上横七竖八地躺着数不清的尸体。在太阳的照射下，满地的弹壳闪烁着金灿灿的光，无比刺眼。

捕鱼的队员们很快回来了，每个人的脸上都洋溢着胜利的喜悦。虽然难忘在这场战斗中牺牲的兄弟，但此时此刻，胜利是对他们最大的慰藉。

高达和阿龙的伤口已经重新包扎过，伤势有所缓和。刺客小组执行任务时的十二名队员，到现在只剩下了八个。看着队员们那一张张被枪火熏黑的面庞，陆川的心底涌起浓浓的伤感。他还记得大家一起接受魔鬼训练的日子，还记得第一次执行任务的场景，还记得队员们站在可那城废墟上胜利微笑的样子。

面前的篝火噼里啪啦地燃烧着，队员们突然沉默了下来，气氛变得有些沉闷。

GP轻咳了两声，"我说大家应该高兴一点，早上的时候我利用司令部里面的卫星电脑和总部联系上了，告知了他们详细的地理坐标。西蒙少将说军方会马上派遣一支救援小分队来迎接我们，估计傍晚时分能够到达！"

"太好啦！"阿龙掩饰不住脸上的欣喜，"我们终于可以离开这个鬼地方！终于可以结束杀戮！终于可以回家啦！"

史金说："我们这次帮助D国政府铲除了反政府武装这颗毒瘤，你们说回去之后，他们会给我们一笔奖励吗？"

马修斯说："应该会吧！我们这算是帮了他们一个大忙，再怎么着也得表示表示吧！"说到这里，马修斯顿了顿，转头问史金道："要是得了一大笔钱，你准备去做什么？"

"我准备回乡下！"史金回答的倒挺干脆。

"回乡下做什么？"马修斯问。

史金握着军刀，唰唰唰地刮着鱼鳞，"回乡下修一幢小楼，当当土豪什么的。再找个媳妇，生一堆娃！"

樱子笑骂道："你那不是找媳妇，是找母猪吧！"

"哈哈哈！"队员们都笑了起来。

史金涨红了脸，抬头问马修斯，"那你有了钱想要做什么？"

马修斯环抱着双臂，撇了史金一眼，"瞧你那点出息！等我有了钱，我就去大洋岛国，到那边买个农场什么的，再找个外国媳妇。"

阿龙骂道："你两个混蛋真是粗俗，除了娶老婆就没别的伟大抱负了吗？"

所有人都看着阿龙，以为他要说出怎样的"伟大抱负"，结果他说："是我就娶两个老婆，一个本地的，一个外国的。"

"喊——"众人纷纷冲他翻起了白眼。

气氛变得欢乐起来，一想到傍晚就能离开这里，大家的心中都有些小小的激动。

队员们吃完烤鱼，各自寻了一处地方休息，昨夜的激烈战斗让他们每个人的体能都消耗到了极限。

傍晚的时候，远方的天空隐隐传来螺旋桨的轰鸣声，队员们纷纷从睡梦中惊醒。

GP第一个从地上爬了起来，扯着嗓子兴奋地喊叫："救援部队！一定是救援部队到了！"

队员们站在废墟中央，睁大眼睛眺望远方的山峦。

此时夕阳斜下，绯红色的晚霞犹如丝带般在天边飞舞，群山之巅被映染成了瑰丽的色彩。在层层翻滚的云浪后面，隐隐出现了数个黑点。那些黑点破浪而出，朝着反政府武装基地方向飞了过来，山谷间回荡着隆隆的轰鸣声。黑点渐渐变大，变得越来越清晰，原来是一支直升机飞行编队。

此时此刻，队员们的心情随着那螺旋桨的轰鸣之声，也变得激荡不已。

GP挥舞着双臂，冲着天空大声叫喊道："嘿！我们在这里！看见了吗？我们在这里！"

"不对呀！"马修斯有些疑惑地说。

"什么不对？"史金问。

马修斯说："迎接我们也不用这么大的阵势吧？我数了数，总共出动了十架武装直升机！我们这才几个人呀，一两架直升机就绰绰有余了吧？"

"嗨呀！"史金拍着胸口说："这就是英雄的待遇！我们为D国政府

立下了汗马功劳，怎么着迎接仪式也要搞得隆重一点嘛！"

说到这里，史金也高举双臂，使劲挥舞，"在这里！快来！快来！我们在这里！"

此时此刻，领头的那架直升机里，西蒙少将一脸冷酷。

夕阳的余晖从机舱外面斜斜地照射进来，但是机舱里的气氛却有些阴冷。

罗斯特工摘下墨镜，侧头看了一眼下面被夷为废墟的反政府武装基地，面色讶然地说道："这帮家伙还真是厉害，比我们想象中的还要厉害！"

顿了顿，罗斯抬头看着西蒙，"你真的决定要消灭他们？他们个个都是出类拔萃的精英，是我们一手栽培出来的，现在我们又要亲手灭掉他们，是不是残忍了一点？"

西蒙面无表情地说道："怎么？你的同情心又开始泛滥了？世界本就是这样残酷！他们原本就是政府的一枚棋子。现在这局棋已经下完了，还留着棋子做什么呢？"

罗斯重重地叹了口气，"其实我一直在反思，我们这样的做法究竟是错还是对？"

西蒙回答的很直接，"我不知道这样做是对还是错，我也不在乎是对还是错。作为一名军人，我的所作所为都是在为这个国家和政府服务。为了国家的安定和声誉，我们必须永久性地封锁有关 BIO 生化计划的秘密！"

"可是他们并不知道军方的 BIO 计划呀？"罗斯说。

西蒙冷声说道："但是他们已经知道有生化武器，所以他们必须得死，因为我们必须做到万无一失。你不用再多说什么了，作为棋子，他们的命运早就已经被注定了！"

直升机编队渐渐飞低，来到距离反政府武装基地十多米的上空。

十架螺旋桨发出地动山摇般的轰鸣，卷得沙尘飞扬。

"嘿！嘿！看见我们了吗？我们在这里！"GP 兴奋地挥动着双臂，扯着嗓子叫喊。

只听哗啦一声，直升机的舱门被推了开。然而，机舱里面并没有丢下软梯吊绳之类的东西。

GP 正欣喜等待的时候，一挺机关炮从机舱里面伸了出来，黑洞洞的枪口以45度斜下角，对准了下方的GP。

GP一下子就怔住了，叫喊声戛然而止，他呆呆地看着那挺机关炮，脑子里一片空白。

"不——"说时迟那时快，距离GP相对较近的马修斯突然冲了过去。马修斯一直心存疑惑，所以当他看见机舱里冒出机关炮的时候，是第一个反应过来的队员。他全速冲到GP身旁，飞身将GP撞开。

几乎是在同一时刻，机关炮发出野兽般的咆哮，一条炽烈的火线从天而降，犹如密集的雨点，突突突地打在GP刚才站立的地方，直打得烟尘滚滚，碎石飞溅。

突如其来的枪声惊醒了刺客小组的其他队员，他们不敢置信地看着盘旋在头顶上的直升机，脸上的表情惊怒交加。他们想不明白，为什么这支所谓的救援队，竟会朝他们开火？

"躲避！找掩体躲避！"陆川大声疾呼着，猫着腰在废墟中飞快地奔跑。

队员们虽然惊诧莫名，但还没有丧失战斗意识，陆川这一喊，他们立即四下散开。

看着在废墟里亡命奔逃的陆川等人，西蒙的脸上露出阴冷的笑意，他对着无线耳麦说了四个字："全面开火！"

哗啦！哗啦！

余下九架直升机的舱门全部推开，每架直升机上面都架着一挺威力强劲的机关炮。十架直升机悬停在基地上空，从不同方向朝着地面猛烈开火。

十挺机关炮同时怒吼，声震山谷。

十条炽烈的火龙凌空飞泻而下，闪耀的枪火几乎遮掩了绯红的夕阳。

弹雨纷飞，子弹就像倾泻的暴雨般落下，把基地里的每一寸土地都打得千疮百孔。

原本已经变得死寂的基地再次沸腾起来，仿佛连大地都在嗡嗡战栗。基地里飘荡着滚滚硝烟，密集的弹雨几乎把整座基地掀了个底朝天，废墟中又重新燃起了熊熊烈火。很难想象，如此大规模的枪火洗礼，竟然只是针对区区八个人。

高达膝盖有伤，行动不便，在其他队员散开的时候，只有他未能及时撤出火力包围圈。高达挣扎着爬起来，一瘸一拐地刚刚跑了没有两步，两条闪耀的火线从他的身上交叉扫过。

距离高达最近的阿龙亲眼目睹了这一幕可怕的景象，只不过是瞬间的工夫，高达的血肉之躯一下子爆裂开来。"高达！"阿龙的眼球瞪得老大，他又惊又惧，嘶声叫喊起来。

突突突！

一梭子弹在阿龙的身旁扫过去，在地上留下一串冒烟的弹孔，飞溅起一串灿烂的烈火。

阿龙侥幸没有被子弹击中，翻身滚到一道破墙后面。他满脸尘土，沾血的手指深深抠入石头缝中，身子瑟瑟抖动着，眼泪止不住地流了出来，"为什么？这到底是为什么？为什么会这样对我们？"

哒哒哒！

一梭子弹打在破墙上，破墙表面瞬间出现数道裂痕。

只听轰的一声响，破墙突然倒塌，刚刚才逃过一劫的阿龙，被这道破墙无情地掩埋在了下面。

在这一轮扫荡式的疯狂袭击过后，滚滚硝烟从基地里面冒出来，许多原本就摇摇欲坠的建筑完全坍塌，整个地面仿佛都被翻转起来，就连沙土里的蚂蚁都未能幸免。

残阳如血，废墟里一片死寂。

不知从哪里飘来两朵黑色的云，挡住了夕阳，天地间一片昏暗。

突然，一声尖厉的嘶吼声打破了死寂。

GP满身尘土的从一片废墟中爬了出来，吼叫着跑了出去，"误会！这肯定是一个误会！你们杀错人啦！你们杀错人啦！是我们呀！我们是刺客小组呀！我们是自己人！你们为什么要开枪？你们为什么要开枪？"

"GP！回来！危险啊！"马修斯瞪大眼睛，但是GP已经从掩体中跑出了老远。

突突突！

沉闷的枪声吞没了GP的喊叫声，闪耀的枪火撕裂了GP的身躯。

没有人回答GP的问题，回答他的只是要命的枪声。

"误会……肯定是个误会……噗！"一口鲜血喷溅出来，GP咽下了最后一口气，他眼神中的光泽瞬间黯淡下去，一颗晶莹的泪珠顺着他的眼角滚落。

"王八蛋！老子和你们拼啦！"马修斯瞪红了双眼，就像一头发狂的野兽，顺手从地上拾起一把掉落的 AK-47，对着领头的那架直升机哒哒哒射去一梭子弹。

当！当！当！

子弹打在机舱门上，留下数个冒烟的弹孔。

一颗流弹恰好命中机枪手的脑袋，那名机枪手闷哼一声，径直从飞机上栽了下来。

还有一颗流弹贴着西蒙的脸颊弹射开去，在西蒙的脸上留下一道清晰可见的血口子。

西蒙的脸颊狠狠抽搐了一下，他摸了摸流血的脸庞，眼神阴冷地说道："还真是一群打不死的小强！那就陪你们好好玩玩吧！特战队听令，执行'猎杀行动'，一个活口都不许留！一个活口都不许留！"

最后这句话西蒙重复了两遍，几乎是从喉咙里咆哮出来的。

坐在后排座的罗斯特工感觉到了西蒙身上散发出来的凌厉杀气，情不自禁地打了个哆嗦。

第一滴血

第十八章　兄弟！兄弟！

　　马修斯的半边战斗服都已经变成了血红色，脸庞上面粘着泥土、汗水以及血渍的混合物。他的一只手死死捂着中弹的肩膀，另一只手紧握着突击步枪，指关节因太过用力而显得十分苍白。

几分钟之后，八十名全副武装的政府军特战队员，顺着吊绳分别从十架直升机上降落在废墟上。

他们穿着迷彩军装，脚踩黑色高帮军靴，手握突击步枪，戴着无线耳麦。军靴踩在碎砾上面，发出"咔嚓咔嚓"的声响。

虽然他们所面对的仅仅是六名刺客小组的队员，但西蒙少将清楚地知道刺客小组的厉害，所以在剿杀刺客小组的问题上，他经过了精心准备和策划。这八十名特战队员都是从政府军特种部队里面挑选出来的精英特种兵，作战能力非常强。他不惜花费这么大的人力物力，只有一个目的，那就是全歼刺客小组，绝不留下一个活口。

西蒙拿起直升机上面的喊话器，他的声音穿破螺旋桨的轰鸣，铿锵有力："特战队员们听着，从现在开始，你们就是狩猎的猎人，你们的对手就是猎物。现在还剩下六只猎物，你们要把这六只猎物全部猎杀，一个不留！"

"遵命！"八十名特战队员齐声回答，声势震天。

"王八蛋！居然把我们当成了猎物！西蒙，你这个混蛋，老子要亲手宰了你！"史金怒吼着就要冲出掩体，却被陆川死死拉住了。

史金咬着牙关咆哮道："队长，放开我！让我去宰了西蒙那个畜生！"

陆川的两只眼睛都变成了血红色，瞳孔里面跳动着火苗。他突然想起了反政府武装司令临死之前说的那句"错了！你们全都错了"，看来司令是对的，他们确实错了。他们浴血奋战，无畏生死，帮助D国政府平息叛乱，然而到头来却遭到残忍灭口。怒火在陆川的胸膛里熊熊燃烧着，他感到一种前所未有的悲愤。

陆川努力平息着自己的情绪，这种时候一定要保持冷静，如果连自己都乱了阵脚，那么刺客小组就真的彻底完了。

强敌压境，四面受困，这是陆川从来未曾遭遇过的绝境。

但是他的心中有一个强烈的信念，他不能死，他要离开这里，他要为冤死的兄弟们报仇，他要让西蒙这群混蛋下地狱！

陆川从地上拾起一把沾满血迹的军刀，在裤腿上擦了擦，然后扬刀指着身后说道："淌过那条河流，后方是原始丛林，我们只要能够逃入原始丛林，他们就不容易找到我们了！"

史金咬咬牙，竭力克制着心中的怒火，回头看了看那片原始丛林，距离这里至少有上百米，在敌人的重重包围之下，要想成功突围，撤退到丛林那边，是一件非常困难的事情。

陆川翻转手腕，嚓地将军刀插入地下，眼神冰冷如霜，"还是那句话，生死各安天命！无论是谁逃了出去，一定要回来寻找西蒙那个狗杂碎，弄清楚事情的缘由，为死去的兄弟们报仇！我们不能死得这么不明不白！"

"队长，保重！"史金咬咬牙，把军刀衔在嘴里，匍匐在一堆碎石里面，悄悄向前爬行。

爬了没有多远，史金摸到了一具尸体旁的一把完好的AK－47突击步枪和周围的几个弹匣。

史金一把夺下突击步枪，装上一个弹匣，哗地拉了拉枪栓，眼中闪烁着嗜血的光芒。"你们这群混蛋，去死吧！"史金端着AK－47，翻身从废墟里爬了起来。

距离史金十米开外的地方，两名政府军的特战队员手持冲锋枪，正朝着这边慢慢搜索。听见史金的怒骂，两人猛然一惊，下意识地抬起头来，端起冲锋枪就要扣动扳机。

但是他们已经来不及了，史金抢占了先机，一阵"哒哒哒"的疯狂扫射，两名特战队员身中数弹，连人带枪惨叫着向后跌了出去。

枪声打碎了宁静，同时也吸引了其他特战队员的注意，只不过短短一瞬间，数条火线就从四面八方飞射过来。幸好史金反应敏捷，飞身扑倒在碎石堆中，子弹从他的头顶上呼啸着胡乱飞窜。

史金被猛烈的枪火打得抬不起头来，但是这样一来，却吸引了敌人的火力，给自己的队友争取了脱身的机会，史金朝着马修斯他们所在的方向大声疾呼："撤退！撤退！去后方丛林！"

哒哒哒！哒哒哒！

马修斯冒着暴露身形的危险，从掩体后面冲了出来，一轮急速扫射之后，从后面放倒了三名特战队员，然后迅速来到史金身旁卧倒，他的舍命相救为史金暂时解了围。

史金从废墟里抬起满是尘灰的脸庞，冲马修斯露出一个感激的笑容。那个笑容陪衬着他的大花脸，感觉非常滑稽，同时又非常悲壮。

那些特战队员也是训练有素的精英战士，十多人迅速围成一个包围圈，把史金和马修斯困在中央，并且不断缩小包围圈，朝着两人慢慢逼近。

史金苦笑着摇了摇头,"你来救我做什么?这下可好,把自己都给圈进来了!"

"嘿!"马修斯弹出打空的弹匣,重新装上一个新弹匣,脸上带着从容的笑意,"能够和你一起战死也是一件幸事,这样一来,黄泉路上我们就不会感到孤独了!"

"喊!"史金翻了翻白眼:"你不要这么肉麻好不好?再说了,我可不认为这十几只三脚猫就能够摆平我们。反正我可告诉你,谁先死谁就是个娘们!"

"哈哈哈!"马修斯纵声长笑道:"那这个娘们你是当定啦!"

"我可不会输给你的!"史金猛地一拉枪栓,露出坚决的神色。

两人对望一眼,同时发出"呀"的一声叫喊,背对背站了起来。

两人紧紧咬着牙关,怒吼连连,脸上的表情有些狰狞,他们端着突击步枪,呈半圆形状来回扫射着。两条枪火组成的半圆合并成了一个整圆,两人站在圆圈里面,夺目的枪火照耀着他们的脸庞,燃烧着他们的眼睛,弹壳在他们身前叮叮当当四散飞溅,如同碎金般落了一地。

一时间,围拢过来的特战队员纷纷惨叫着倒了下去,朵朵血花在他们的胸口上飞溅绽放。面对这两个不要命的疯子,剩下的特战队员狼狈逃窜,有的匍匐在了地上,有的滚入了废墟当中躲避。

一轮疯狂的扫射过后,两支突击步枪同时停止了咆哮,滚烫的枪口冒出缕缕硝烟。

两人回头互望一眼,惨然一笑,"没子弹了!"

马修斯当先把突击步枪往地上一扔,唰地拔出"夜鹰"军刀,瞳孔里闪烁着如野狼般凶狠的眼神,"让我们去把这些混蛋撕成碎片吧!"

史金也把突击步枪扔下,反手握着军刀,呲牙一笑,"爷爷我要让他们全部跟着陪葬!"

说话间,两人同时一声怒吼,犹如两支离弦利箭,分朝着不同方向掠入敌群。

一名特战队员从一道残垣后面探出头来,刚刚举起突击步枪,还没来得及扣下扳机,马修斯犹如一头狂奔而至的狮子,飞身跃上残垣,军刀凌空插落,"噗嗤"一下插入这名特战队员的肩窝,将他扑倒在地上。肩膀上传来的剧痛令这名特战队员下意识地张嘴就想喊叫,不等他发出半点声音,马修斯的铁拳已经重重地砸在他的脖子上,生生击碎了他的喉骨。他瞪大眼睛，鲜血从嘴里狂喷而出，霎时就没了声息。

马修斯正准备站起身来，突然斜眼瞥见两点钟方向一支突击步枪就像毒蛇般盯住了他。在这命悬一线之际，马修斯没有任何的考虑，俯身往前一滚，顺势从地上拾起了那名特战队员手中的突击步枪。几乎是在同时，一阵激烈的枪声骤然响起，一梭子弹贴着马修斯的头皮飞了过去，哒哒哒地打在残垣上面，留下一排冒烟的弹孔。

马修斯抱着突击步枪在地上翻滚一圈，趴在地上，对着火线射来的方向还击了一梭子弹。两条火线在空中交叉飞射，两点钟方向传来一声惨叫，对面射来的火线戛然而止，那个潜伏在暗处的敌人已经被干掉了。

马修斯刚刚撑起半边身子，想要爬起来，突然右边肩膀后方传来一阵钻心般的剧痛，仿佛有什么利刺一下子扎进了肩膀。肩膀后方腾起一朵血花，一颗金灿灿的子弹旋转着没入了他的肩膀，又从他的肩膀前面飞射而出，在肩窝处留下一个杯口大小的血窟窿。

马修斯闷哼一声，翻身倒在地上，他紧紧咬着钢牙，这个铁血汉子竟然没有发出半点痛苦的喊叫。他强忍着剧痛，用受伤的手臂再次举起了突击步枪，对着身后偷袭自己的那名特战队员扣动扳机。

哒哒哒！

一条火龙自枪口里飞射而出，尽数打在那名特战队员的胸口上，把他打得腾空向后飞出老远。

然后马修斯捂着受伤的肩膀，贴地翻滚两圈，以那道残垣做掩体，背靠着后面，大口大口地喘息着，鲜血染红了他的肩膀，冷汗顺着他的脸颊潺潺滚落。

另一边，史金在一阵疾奔之后，就像一颗出膛炮弹，飞身撞破了一堵燃烧的火墙。火墙垮塌倒下，将藏身在墙后面的一名特战队员压在了下面，满头满脸都是鲜血。这名特战队员实在是想不明白，世界上居然还有如此不要命的狂人，居然会用自己的血肉之躯去硬生生地撞击一堵墙。

史金在地上翻滚一圈之后站了起来，他不管后背衣服上燃烧的火苗，折身来到垮塌的火墙前面，在那名奄奄一息的特战队员脖子上横着抹了一刀。然后史金哗地撕烂着火的外衣，打着赤裸，露出精壮的身板。

史金把胸口捶得咚咚响，厉声叫骂道："来啊！你们这群混蛋！来啊！让爷爷送你们下地狱去吧！"

回应史金的是一梭从侧面飞来的子弹，史金下意识地一低头，子弹几乎是贴着他的耳根擦了过去，在史金的右半边脸颊上面留下一道深深的血痕。

"去死吧！"史金怒吼着，脖子上的青筋蹦起老高。然后他抬起右臂，将手中的"夜鹰"军刀用力掷了出去。

唰！

"夜鹰"军刀凌空化作一道白色流光，在空中划出一道诡异的弧线，旋转着飞入一根石柱后面。

一声惨叫随之响起，只见一个人影跌跌撞撞地从石柱后面跑了出来。他踉跄着跑了两步，一只手无力地拎着突击步枪，一只手死死捂着自己的脖子。

扑通！

那名特战队员扑倒在地上，一双眼睛瞪得老大，至死脸上都挂着不敢置信的惊讶表情。

史金走过去，蹲下身，伸手握住刀把，猛地往外一拔。

哗啦！

身后突然传来拉动枪栓的声音，史金猛然一惊，迅速转过背来，他看见了一个黑洞洞的枪口。一名特战队员面容阴冷，握着突击步枪在十米开外的地方盯着史金。

史金知道自己避无可避，不由自主地放大了瞳孔。

就在特战队员扣下扳机的一刹那，一个幽灵般的身影出现在了特战队员身后，一条强壮有力的手臂从后面绕过来，勒住了他的脖子。同时一把锋利的军刀紧随而至，插进了他的脖子。

哐当！

特战队员瞪大眼睛，双手无力地垂下，突击步枪掉落在地上。

那个人影松开手臂，特战队员缓缓倒了下去，在地上抽搐了两下，很快就停止了呼吸。

史金欣喜地站起身来，"队长！"

危急时刻，幸亏陆川及时出现，这才挽救了史金一命。

陆川手腕一抖，甩飞了刀刃上面的血珠子，快步来到史金面前，声色俱厉地说道："我不是让你们撤退吗？谁让你们恋战了？"

就在这时候，樱子和阿洛从废墟后面跑了过来。两人身上的战斗服都被染成了血红色,想必刚刚也是经历了非常惨烈的恶战。

樱子向陆川汇报道:"队长,我们已经打开了一个向西撤退的缺口!"

阿洛紧接着说道:"不过更多的敌人正在向这边迅速聚拢,想要围堵住我们!"

陆川点点头,"这是我们唯一撤退的机会,快走!"

四人组成一个"十"字阵型,向着西面缺口迅速移动。在成功干掉多名敌人之后,他们抢夺到了不少弹药和武器,暂时解决了火力短缺的问题。四人举着突击步枪,有意识地来回扫动着,警惕地注视着周围的每一个细微动静,以防敌人在暗处发起偷袭。

走了没有多远,史金突然拽住陆川的胳膊,"队长,还有马修斯!马修斯还没有跟上来!"

陆川指了指前方百米开外的那片原始丛林,"你们先撤到丛林里面去,我去寻找马修斯!"

"不!还是我去吧!"史金说。

在这种时刻,谁都知道,谦让其实就是在让命,让出自己生存下去的希望。

"这是命令!Go!"陆川怒吼道。

他们都知道,现在是撤退的最佳时机,如果错过了这个机会,很可能就再也走不掉了。所以现在选择留下,等同于在选择死亡。

史金咬咬牙,眼含热泪,冲陆川敬了个军礼,"遵命!"

然后他转过身,对樱子和阿龙挥了挥手,"我们走!"

樱子说:"队长,我们在丛林里面等你,如果你们不回来,我们也不会离开的!"

"对!"阿龙也跟着说:"我们是不会离开的!"

看着三人离开的背影,陆川重重地叹了口气,终究什么也没说,转身折返进入废墟。

"马修斯!马修斯!马修斯!"陆川压低声音,焦急地呼唤着马修斯的名字。

更多的敌人正在朝着这边靠拢,陆川又不敢发出太大的声音,以免暴露身形。

指挥官西蒙少将在直升机上气得暴跳如雷,他派下去的八十名精英特战队员,竟然已经伤亡超过了二十人。面对刺客小组仅存的区区五个人，特战队员这边居然伤亡了四分之一，这显然已经超出了西蒙的事前预料。

作为刺客小组的培训教官，他自然很清楚刺客小组的实力，但是刺客小组的战斗力现在强大到连他自己都感到惊讶。这也难怪，在经历了大大小小那么多场浴血战斗之后，刺客小组的战斗经验肯定会逐步提高，他们的战斗力也就会越发强大。再加上他们现在游离在生死边缘，更加会激起他们的强大潜力和反抗斗志。

一股怒火窝在西蒙的肚子里无处发泄，他只能抓着话筒，对着下面的那些特战队员破口大骂："蠢材！饭桶！一群笨猪！"

灼热的气浪在基地上空翻涌着，直升机的轰鸣声盖过了陆川的呼唤声，陆川满头大汗，汗水把背心都浸湿透了，战斗服紧紧地粘在背上，那种感觉别提有多难受了。

就在陆川快要放弃寻找希望的时候，他突然听见了马修斯沉闷的喘息声："队长……队长……我在这里……"

突然听见马修斯的声音，陆川忍不住面上一喜，赶紧循声搜寻了过去，最后在一道残垣后面发现了负伤的马修斯。

马修斯的半边战斗服都已经变成了血红色，脸庞上面粘着泥土、汗水以及血渍的混合物。他的一只手死死捂着中弹的肩膀，另一只手紧握着突击步枪，指关节因太过用力而显得十分苍白。

"队长，你怎么还没走？"马修斯抬起脑袋，不知道是不是失血过多的缘故，他的嘴唇也变得有些乌青。

陆川跃过墙垣，在马修斯身旁蹲了下来，"你受伤了？"

马修斯苦笑着骂道："我们杀了那么多敌人，挨这一枪也算是赚了！"

马修斯说话的口吻充满了豪迈，同时也带着一种无奈。

"跟我走！"陆川说。

马修斯瞥了一眼自己流血的肩膀，沙哑着说道："不行了，兄弟，我看我是走不了了！"

"怎么走不了？"陆川有些急了，怒眉说道："难道区区一点小伤你都不能克服吗？你对自己就这么没有信心？"

"呵呵！"马修斯摆摆手，露出坦然的笑容，"兄弟，我懂你的心意！我也非常感谢在这种时候你还能出现在我的身边！这辈子有你这样一个好兄弟，我已经非常满足了！你也不用激我，我的伤势有多重我心里跟明镜似的，我确实是走不了了！你走吧！"

"放屁！"陆川瞪红了眼睛，"马修斯，你个孙子！你怎么变得跟个娘们似的？"

"嘿嘿！"马修斯漫不经心地笑了笑，"你还别说，下辈子我还真想变个娘们，然后嫁给你好不好？哈哈哈！"

陆川往残垣外面瞄了一眼，急得眼睛喷火，"恶心！我才不要你这样的八婆！敌人已经包围上来了，我可没有功夫跟你开玩笑！"

马修斯摇了摇头，"兄弟，你快走吧！我是真走不了了！我现在的状态，即使勉强跟你走了，也会成为你的累赘，你带着我，是无法冲出包围圈的！"

"那我们就战死在一起！能够和你这么粗俗低级的家伙战斗至死，也是人生一大快事！"陆川这话说得斩钉截铁，没有丝毫的犹豫。

马修斯盯着陆川的眼睛，从陆川的眼神里面，他能感觉到一股浓浓的兄弟温情，绝对没有半点虚假。

马修斯的声音有些哽咽了，他还是在骂着，但是眼眶里却蓄满了泪水，"都这种时候了，你别煽情了行不？要是被敌人看见，他们还以为老子怕死呢！"

不远处响起了"沙沙沙"的脚步声，隐隐约约能够听见约有十多个人从四面八方走来。

马修斯突然一把推开陆川，厉声说道："你要真是我兄弟，那现在就听我一句话，走！马上走！"

陆川的脸颊抽搐着，他咬着嘴角说："如果你真当我是兄弟，那就让我留下来，我们一起战斗！一起去见阎王爷！再一起投胎轮回，下辈子再做一次好兄弟！"

突然，马修斯做出了一个令陆川无比惊诧的举动。

只见马修斯猛地拔出"夜鹰"军刀，然后连眼皮都没眨一下地把军刀狠狠地插入了自己的右大腿。刀子切入皮肉，发出噗嗤的撕裂声，马修斯的脸颊艰难地抖动了一下，一颗豆大的汗珠滴落下来。

陆川惊诧地看着马修斯，"你……你这是做什么？"

马修斯嘿嘿一笑，喘息着说："我现在是彻底走不了了，你要再不走，下一次我可能就拿枪嘣自己了！"说着，马修斯面色一沉，竟然举枪抵住了自己的胸口。

陆川呆住了，他怔怔地看着马修斯，短短的几秒钟，就像过了几个轮回那么漫长。

终于，陆川什么也没说，拍了拍马修斯的肩膀，然后头也不回地狂奔而去。

夕阳斜照在陆川的脸上，把他的身影拉得老长。

谁也没有看见，两行热泪从陆川的脸上潸然落下，仿佛要把冰冷的面具融化。

他清楚地知道，马修斯这样做，完全是为了逼自己离开。他们谁也不愿独活，谁都想用自己的生命来挽救兄弟的生命，在这生与死的危急关头，他们把"兄弟"二字的情义诠释到了极致。

看着陆川飞奔而去的背影，马修斯吸了吸鼻子，使劲抹了一把眼泪，在心里默默说道："陆川，老子下辈子还要做军人，我在军营里等你，我们还要做兄弟，我们还要并肩战斗，一起杀敌！哈哈哈！"

马修斯大笑三声，举起突击步枪，对着天空扣动扳机。

哒哒哒！哒哒哒！

火龙飞向苍穹，飞向无垠的天边。

为了给陆川争取逃跑的时间，马修斯故意暴露自己的身形，以此来吸引敌人的注意力。

枪声果然吸引了敌人的注意力，几乎在第一时间，就有十几名特战队员朝着马修斯藏身的地方扑了过来。他们就像一只只凶恶的野狼，眼睛里闪烁着饥饿的绿光。

枪膛里传来清脆的空膛声，马修斯放下手臂，将打光子弹的突击步枪随意地丢在一旁。然后从衣兜里摸出半包香烟，从里面抽出一支，叼在嘴上。他把染血的双手插进衣兜里摸索了一会儿，却没有摸到打火机。

这个时候，数个人影已经出现在他的周围，数个黑洞洞的枪口虎视眈眈地对着他。

马修斯耸了耸肩膀，面对死亡，他显得无比从容。他叼着香烟，含糊不清地问离他最近的那名特战队员："喂！有火吗？借个火……"

哒哒哒！

回答马修斯的是一阵震耳欲聋的枪声。

风吹过，卷起一小撮沙土，将那支香烟给掩埋了。

第一滴血

暮霭沉沉,天地间仿佛有沧桑的歌谣在随风轻轻吟唱:

有今生　今生做兄弟
没来世　来世再想你
漂流的河
每一夜每一夜　下着雨　想起你
有今生　今生做兄弟
没来世　来世再想你
海上的歌飘过来飘过去　黑暗里的回音
……

第十九章　一个也不留

直升机上，西蒙少将咬着半截雪茄，看着两个狂奔而去的人影，骂声连连。罗斯特工瞟了西蒙一眼，口吻怪怪地说道："你是不是有些后悔把他们训练得太过厉害了？"

第一滴血

嗖！嗖！嗖！

子弹从身后破空而至，紧紧跟随，无法甩脱。

陆川跑得很快，但是子弹的速度更快，好几颗子弹都从陆川的身边掠了过去，若不是陆川巧妙地采用"S"路线的逃跑方式，只怕已经被子弹给击中了。

陆川望了望小河对面的原始丛林，照这样的情形来看，别说是逃进原始丛林，就算是趟过小河，也是一件非常困难的事情。

陆川咬咬牙，把心一横，飞身滑入了一个被炮弹轰出的土坑里面。

一梭子弹呼啸着从土坑上方飞过去，陆川暗暗擦了一把冷汗。

距离陆川最近的敌人只有不到二十米，陆川不得不停下来，他需要狙杀掉一些敌人，为自己争取到更多的逃跑时间。

陆川拉了拉枪栓，趴在土坑边缘，把枪管从几块碎石的裂缝中悄悄探了出去。他左手托着枪身，右手紧握扳机，枪托抵在肩窝处，岿然不动。他的战斗服是黑色的，趴在黑色的废墟中形成了很好的保护色，不易被直升机上的敌人发现。

陆川没有急着扣动扳机，他需要做到一击即中。

陆川反复观察了一下四周的情况，发现有三名敌人已经现身在二十米的范围之内。一名敌人在正对面的十二点钟方向，另一名敌人在大概两点钟方向，还有一名敌人在十点钟方向，三名敌人组成了一个小小的扇形包围圈，他们的身影在冒着硝烟和火苗的废墟里若隐若现。

陆川深吸一口气，眯着左眼，把右眼缓缓靠近瞄准口。

在静默两三秒钟之后，陆川突然扣下扳机。

砰——

枪口闪烁出一团火光，一颗金灿灿的步枪子弹从碎石块的缝隙中激射而出，旋转着刺破空气，带着尖锐的啸音，穿透了一团白色的硝烟迷雾，精准无误地射入了第一名敌人的脑袋。

陆川一枪打出之后，没有丝毫停留，枪口往右平移半寸，迅速锁定了位于两点钟方向的第二名敌人。

砰——

几乎是紧跟着第一声枪响，第二颗子弹又飞射出去，以肉眼看不见的速度飞向两点钟方向。

那名敌人在看见同伴被爆头之后，下意识地想要俯身躲避。虽然他的反应已经足够灵敏，但是他万万没有想到陆川的攻击速度竟然如此迅猛，第一颗子弹刚刚射出，第二颗子弹又紧随而至。这名特战队员还没来得及藏好身形，飞射而来的第二颗子弹突然旋转着穿透了他的脖子。

十点钟方向的第三名敌人顿时就惊呆了，他一边蹲下身子寻找掩体躲避，一边冲着后面的其他特战队员挥手叫喊："有伏击！躲避！躲避！哎呀……"

这名敌人的叫喊声很快就变成了惨叫声，虽然他的身影绝大部分已经躲在了掩体后面，但是他那只挥动的左手却成为了攻击目标。第三颗子弹飞射而来，瞬间击碎了他的手掌，他丢下突击步枪，用右手死死握着被子弹打碎的左手掌，在地上声嘶力竭地哀嚎着，凄厉的叫声在山谷里回荡不绝。

在连续放倒三名距离自己最近的敌人之后，陆川没有停留，他翻身从土坑里爬了起来，转身向前继续飞奔。在干掉三名敌人之后，后面的那些特战队员一时间不敢贸然追上来，陆川为自己赢得了宝贵的逃跑时间。同时，三枪过后，敌人也清楚了他的藏身地点，他要是不能及时撤离的话，一定会遭遇敌人猛烈的还击。这样打两枪就跑的游击战术，反而让敌人无法锁定他的位置。

陆川狂奔到河流边上，想也没想，一头扎入水中，然后施展出浑身力气，迅速往对岸游去。陆川没敢浮在水面上，只能沉入水下潜游，这样才能躲避天上的武装直升机。河流虽然不宽，但一口气潜游二三十米的距离，也不是一件容易的事情。

眼看就要成功登陆对岸的时候，追兵的身影出现在了河岸边上。

"他在水里！"有人叫喊着。

哒哒哒，有人举起突击步枪，对着水面就是一通乱扫。

"追上去！"数名特战队员哗啦啦地跳入水中继续追赶。

有人守在河岸边，举起突击步枪说道："只要那狗杂碎敢从水里冒出来，我就打爆他的脑袋！"

砰——

沉闷的枪声骤然响起，一名刚刚下水的特战队员被打得从水里飞了起来，他的胸口正中出现一个碗口大小的伤痕。

这些特战队员都是训练有素的士兵，他们一听这个枪声，就知道是狙击步枪，当下就有人扯着嗓子大叫："隐蔽！隐蔽！有狙击手！有狙击手!"

那数十名特战队员迅速散开,有的匍匐在河边草丛里,有的转身跑回废墟里,那些跳入水中的特战队员抱着突击步枪,慌慌张张地往河岸上跑,看上去甚是狼狈。

砰——

狙击子弹刺破空气,带着尖锐的啸音从水面上呼啸而过,正中一名特战队员的后背。那名特战队员刚刚爬上河岸,他的身子猛烈地晃荡了两下,然后扑通一声,扑倒在河岸的泥地里,鲜血潺潺流出,慢慢汇入河流。

砰——砰——砰——

狙击步枪咆哮着,犹如死神的怒吼,无情地掠夺着这些士兵的生命。

一团又一团的血雾在空中爆裂四溅,惨叫声此起彼伏,那些在水里来不及撤退的特战队员,成为了狙击枪口下的活靶子。

狙击步枪暂时逼退了这些特战队追兵,为陆川的逃生争取了宝贵的时间。在狙击步枪的怒吼声中,陆川湿漉漉地爬上了对面河岸,然后他看见了隐蔽在河岸草丛里面的阿洛。

刚才在撤退的路上,阿洛拾到了一把 SVD 狙击步枪。SVD 狙击步枪的精准度很高,威力强劲,在一千米远的距离上都有很强的杀伤力,更别说这短短几十米的距离。

陆川抹了一把脸上的水渍,喘息着问:"阿洛,你怎么没有撤退?"

阿洛收起狙击步枪,扶起陆川道:"我在这里等你!"

陆川的心中一阵感动,他拍了拍阿洛的肩膀,"谢谢!"

"他们在那里!打死他们!"敌人很快寻找到了阿洛的藏身地点,他们大呼小叫着,密集的弹雨从河对岸呼啸而来,无数闪烁的火线照亮了河面,划破了粼粼波光。

陆川和阿洛对望了一眼,"我们走!"

两人从草丛里一跃而出,冒着猛烈的枪火,如同两头狂奔的猎豹,冲向身后的那片原始丛林。

枪声在激荡,陆川心中的火焰在熊熊燃烧。

直升机上,西蒙少将咬着半截雪茄,看着两个狂奔而去的人影,骂声连连。罗斯特工瞟了西蒙一眼,口吻怪怪地说道:"你是不是有些后悔把他们训练的太过厉害了?"

"哼!"西蒙冷哼一声,转身从机舱后面提出一把巴雷特 M82A1 大口径狙击步枪,面容冷峻地拉了拉枪栓,口吻冰冷地说道:"不要忘了,我可是他们的教官!"

说着,西蒙哗地推开机舱门,然后半蹲在舱门口,举起了狙击步枪。

直升机轰鸣着,飓风激荡,西蒙的迷彩军装猎猎作响,他那一头精悍的短发全部倒竖起来,如同利箭。

无论机身怎么晃荡,西蒙都岿然不动。

静默几秒钟之后,西蒙的嘴角慢慢扬起了一丝毒辣的笑意。

砰——

巴雷特狙击步枪突然发出一声怒吼,一颗金色的尖头狙击弹破膛而出,在黑红色的天空中划出一道闪耀的弧线,一条奔跑的人影应声而倒。

西蒙吹了声响亮的口哨,"宝贝,不要挣扎了,认命吧!"

"啊呀!"正在奔跑的阿洛突然惨叫着倒在了地上,怀中的狙击步枪脱手飞出老远。

"阿洛!"陆川停下脚步,回头看着阿洛。

只见阿洛趴在地上,一只手死死按着右腿。他的右腿被狙击子弹击中,腿骨被打碎,血肉模糊一片。鲜血疯狂地涌泄出来,很快就染红了他的裤脚。

陆川转身就来拖阿洛,阿洛厉声叫喊道:"队长,敌方有狙击手,你快走!带上我的狙击枪,快走啊!"

陆川瞪大眼睛,嘶哑着说道:"阿洛,不要放弃,还有十来米我们就能进入丛林啦!"

"我的腿已经断了,我走不了啦!队长,答应我,你一定要活下去,为死去的兄弟们报仇!走啊!"阿洛高声叫喊着,豆子大的冷汗从他的额头上滚滚落下,他紧紧地咬着牙关,腿上传来的剧痛令他几欲晕死过去。

"我答应你,我一定会为兄弟们报仇的!我一定会为兄弟们报仇的!啊——"陆川眼含热泪,俯身拾起阿洛掉落的那把 SVD 狙击步枪,一头扎入了茂密的原始丛林。

武装直升机悬停在半空,西蒙扛着狙击步枪,抓着吊绳垂降在草地上。

螺旋桨卷起的飓风压低了四周的草丛,西蒙脚踩高帮军靴,横抱狙击步枪,面容阴冷地来到阿洛面前。

那些特战队员也很快围拢上来，紧跟在西蒙身后。

阿洛的目光死死盯着西蒙，"为什么？为什么这样对我们？你这个混蛋！这是为什么？"

西蒙吐掉雪茄，用枪口顶住了阿洛的脑袋，冷冷说道："我也不知道为什么，去问上帝吧！"

砰——

枪声响起，惊飞了一群晚归的倦鸟。

西蒙皱了皱眉头，面无表情地指着不远处的原始丛林，极其冷酷地说："一个都不能留！"

（本辑完）